KB210465

바다의 선물!

크루즈여행 길라잡이

바다의 선물!
크루즈여행 길라잡이

지은이 · 김종생
펴낸이 · 이충석
꾸민이 · 성상건

초판1쇄 · 2017년 8월 1일
    3쇄 · 2017년 12월 22일
펴낸곳 · 도서출판 나눔사
주소 · (우) 03446 서울특별시 은평구 은평터널로7가길
 20. 303(신사동 삼익빌라)
전화 · 02)359-3429팩스 02)355-3429
등록번호 · 2-489호(1988년 2월 16일)
이메일 · nanumsa@hanmail.net

ⓒ 김종생, 2017

ISBN 978-89-7027-301-3-13980

값 17,000원
※ 잘못된 책은 바꾸어 드립니다.

이 도서의 국립중앙도서관 출판예정도서목록(CIP)은 서지정보유통지원시스템 홈페이지
(http://seoji.nl.go.kr)와 국가자료공동목록시스템(http://www.nl.go.kr/kolisnet)에서 이용하실 수 있습니다.
(CIP제어번호 : CIP2017017489)

바다의 선물!

크루즈여행 길라잡이

김종생_지음

나눔사

제주해협에서 크루즈여행의 씨를 뿌리다!
(인천 ↔ 제주간 7천톤급 페리선 오하마나호)

아드리아해 & 지중해에서 크루즈여행의 꿈을 꽃피우다!
(베네치아항, 12만톤급 프리미엄 크루즈선 셀레브리티 실루엣호)

북유럽 크루즈

알래스카 크루즈

크루즈여행의 멋진 추억은 길어진 노후에 아름다운 향수로 남아서 마음 속 행복창고에 저장되어 있다가, 힘들거나 어려울 때에 영양제나 진통제 역할을 해 줄 것이다.

꿈이 먼저다

이 책은 크루즈여행을 처음 떠나는 분들, 특히 베이비부머들을 위한 크루즈여행 입문서이다. 경제개발 연대에 휴일도 제대로 쉬지 못하고 땀 흘려 수고한 베이비붐 세대들에게 크루즈여행을 제안한다. 한국의 베이비붐 세대들은 부모를 봉양하고, 자식들을 부양하면서 정작 자신들에 대한 위로나 보상은 돌아볼 시간도 없이 앞만 보고 달려왔다.

결혼 25수년, 30주년, 35주년, 회갑을 크루즈선상에서 멋진 이벤트로 꾸미기 바란다. 틀림없이 평생의 추억이 될 것이다. 그 추억은 길어진 노후에 아름다운 향수로 남아서 마음속 행복창고에 저장되어 있다가 힘들거나 어려울 때에 영양제나 진통제 역할을 해 줄 것이다.

크루즈여행은 아무래도 일반 육로 여행에 비하면 가격이 비싸다. 그렇게 비싼 돈을 지불하고 크루즈여행을 다녀온 분들 중에는 '크루즈여행이 지루하고, 답답하다. 재미없다'라고 하는 분들도 있다. 그것은 사전에 필요한 준비를 하지 않고 무작정 배를 탔기 때문이다. 거대한 크루즈선은 바다위에 떠 있는 하나의 도시다. 거기에는 나름대로의 문화와 라이프 스타일이 있다. 세계 각국의 사람들이 배를 타기 때문에 지켜야할 에티켓과 언어의 장벽도 있다. 이런 다양한 상황과 여건을 사전에 충분히

조사하고 준비를 한 여행자에게는 크루즈여행은 환상의 여행이 된다. 크루즈 여행! 준비하고 떠나라. 그리고 부부와 함께 떠나라. 단체로 떠나라. 은퇴를 했거나 은퇴를 앞둔 사람들이 직장이나 각종 모임의 동료들, 동기들과 모임을 꾸려서 준비된 크루즈여행을 다녀온다면, 분명 여행에 대한 새로운 시각이 열릴 것이다. 버스를 위주로 하는 육로 여행을 하면서 매일 짐을 꾸리고, 싣고 내리고, 버스 자리다툼이 일어나기도 하는 과정에 싫증이 나기 시작하는 여행자들에게도 크루즈 여행을 추천한다. 크루즈여행은 어떤 의미에서 꿈의 여행이며, 여행의 마지막 단계이기도 하다. 정말 제대로 된 인생을 살고 있는지? 내가 가고 싶은 방향으로 가고 있는지? 고민을 하는 분들에게도 크루즈 선상에서 사방에 펼쳐진 수평선을 바라보며 인생의 꿈을 되새겨보는 시간을 갖기를 권한다.

10여 년 전 2005년 10월 23일. 2박3일 일정으로 제주도 한라산 종주를 마치고, 기진맥진해진 몸을 배에 싣고, 제주에서 인천으로 돌아오는 7천 톤급 오하마나호 3등칸 선실에서 소주 한잔을 하면서 '우리도 언젠가 멋진 크루즈여행을 가보자'는 꿈의 씨앗이 함께 간 부부모임의 회원들에게 잉태되었다. 그해 연말 송년회를 하면서 꿈을 실현하기 위한 계획을 논의했다, 우선 목표연도를 정하고, 기금을 적립하는 방안을 정했다. 13부부가 참여하기로 했다. 그때 까지만 해도 모두들 크루즈에 대해서는 문외한이었다. 이렇게 피어난 꿈은 마침내 2012년 8월 12일 베네치아 항에서 12만 톤급 셀레브리티 실루엣호에 승선하여 '아드리아해 & 지중해'로 크루즈 여행을 떠나면서 이루어졌다. 14박15일의 일정이었지만, 우리 회원늘에게는 7년 14박15일의 여행이기도 했다. 왜냐하면, 함께 꿈을 키워온 7년이라는 준비 기간 역시 또 하나의 멋진 추억을 남긴 여행이었기 때문이다. 세월이 흘러 다른 곳으로 이사를 간 부부도 있지만, 그때의 모임은 인생100세를 함께 살아갈 '여행자클럽'으로 발전하여 다시 3년의 준비를 거쳐 제2차 크루즈여행으로 남미크루즈를 다녀왔고, 올해는 북유럽크루즈에서 새로운 추억을 쌓았다.

평범한 부부들이 막연하게 느꼈던 크루즈여행을 준비하면서 공유한 행복의 바이러스를 이웃에게도 전하는 것이 좋겠다는 생각에서 이 책을 기획하게 되었다. 누구나 멋진 여행을 떠나고 싶어 한다. 직장인은 물론 일반인들을 대상으로 은퇴 후 하고 싶은 일이 무엇인지 버킷리스트 조사를 하면 여행은 항상 우선순위에 자리를 잡는다. 그러나 막상 은퇴를 하고 나서도 제대로 된 여행을 즐기는 사람은 드물다. 고단하고 바쁜 현실에 안주하면서 변명처럼 다가오는 수많은 핑계 앞에 번번이 주저앉아 '다음에, 다음에'를 계속하다가 나중에는 돈이 있어도 건강이 허락하지 않아서 못가고, 본인은 건강해도 배우자가 아파서 못가고...함께 갈 동반자가 마땅하지 않아서 못 간다.

여행은 평범과 비범을 가르는 문지방이라고 했다(구본형). 그 문지방을 뛰어 넘게 하는 것 역시 꿈이다. 꿈이 있고 열정이 있어야 여행 가방을 꾸릴 수 있다.

행복을 뒤로 미루지 말고, 여러분의 꿈을 지금 실행하는데 이 책이 도움이 되었으면 좋겠다. 크루즈여행을 통해서 만난 인연으로 지금은 글로벌 여행의 파트너가 된 (주)리크루즈 이기영 대표의 자문과 자료 제공을 해준 로얄캐리비안 크루즈 한국사무소에 감사를 드린다. 흔쾌히 출판에 응해주신 나눔사 성상건 대표와 멋진 디자인으로 책을 꾸며준 김수연 편집팀장께도 고마움을 표한다.

7년이라는 준비과정을 통하여 이웃을 넘어서 한 가족이 된 부부들에게 그리고 이 세상 모든 가정의 버팀목인 부부들에게 이 책을 바친다.

크루즈여행을 통해서 멋진 인생을!

　세계관광기구가 '21세기 최고의 관광상품'으로 꼽은 것이 크루즈여행입니다. 2015년 기준 세계 크루즈 관광객은 2,400만명에 달하고, 매년 5% 이상의 성장세가 이어지고 있습니다.

　본인이 해양수산부 장관과 한국해양대학교 총장으로 재직하면서 우리나라의 크루즈산업의 발전을 위한 기반을 조성하는데 나름대로 노력해왔습니다만, 아직 우리나라의 크루즈산업은 세계시장 규모에 비하면 미미한 수준입니다.

　최근 부산항에서는 영도에 이어 북항에도 크루즈전용 국제여객터미널이 완공되었고, 부산을 기점으로한 한중일 크루즈, 한국-러시아-일본으로 이어지는 '환동해 크루즈 항로'가 개설되는 등 크루즈산업의 활성화 움직임은 반가운 소식이 아닐 수 없습니다. 삼면이 바다로 둘러싸여 있고, 해운대, 다도해와 한려수도 등 수려한 절경과 부산, 인천, 제주, 목포, 속초 등 항구의 인프라가 갖추어진 우리나라는 앞으로 크루즈산업이 블루오션으로 성장할 가능성을 지니고 있습니다.

　크루즈여행은 파라다이스로 불릴만한 꿈의 도시가 바다에 떠 있는 것과 같습니다. 내 집 같은 안락함과 휴식, 세계의 맛있는 요리, 여러 장르의 문화, 예술 공연, 스포츠, 오락, 취미활동, 쇼핑에 이르기까지 육로여

행에서는 접하지 못한 환상적인 체험을 하게 됩니다. 그럼에도 불구하고 아직 크루즈여행에 대한 일반인의 인식은 '비싸다', '춤을 배워야 한다'는 등의 피상적인 수준에 머물고 있습니다.

이번에 부산 출신으로서 해양 레저 분야에 많은 관심을 기울여온 저자가 십여년에 걸쳐 준비하고 경험한 크루즈여행을 바탕으로 펴낸 이 책은 크루즈여행 초보자들에게 크루즈여행에 관한 ABC를 쉽게 이해하고 크루즈여행을 준비하는데 큰 도움이 될 것입니다.

이 책은 크루즈여행에 관한 단순한 정보 전달만이 아니라 여러 부부가 하나의 팀웍을 이루어 처음 크루즈여행에 대한 꿈을 세운 뒤, 수년에 걸쳐 그 꿈을 이루기 위해 노력하고 마침내 그 꿈을 이룬 아름다운 스토리텔링을 담고 있습니다. 처음에는 크루즈여행에 문외한이었던 평범한 부부들의 성공적인 크루즈여행 이야기는 감동을 넘어서 우리에게 희망을 전해 줍니다.

한번 뿐인 인생을 멋지게 살고 싶다는 '욜로(YOLO)'의 꿈을 가진 모든 분들이 이 책을 통하여 새로운 인생을 살아갈 용기와 힘을 충전하시기를 권합니다.

전 해양수산부장관, 전 한국해양대학교 총장

오거돈

목차

Cruise

1부 /
꿈을 찾아서

1

제주 해협에서 싹튼
크루즈여행의 꿈

10여 년 전인 2005. 10. 21(금) 저녁 7시 인천항에서 제주로 출항하는 정기여객선 오하마나호(7천 톤급)에 승선함으로써 새로운 역사가 시작되었다. 서울 서초구 반포4동 성당에서 '행복한 부부대화 프로그램' (Worldwide Marriage Encounter ; 약칭 M.E.프로그램)에서 함께 활동하던 9부부와 초.중학교 재학 중이던 자녀를 포함 23명이 제주도로 2박 3일간의 여행을 떠났다.

국내 여행사에서 판매하던 상품을 이용했는데, 금요일 저녁에 배를 타고 토요일 아침에 제주항에 도착, 한라산 종주를 한 뒤에 토요일 저녁에 다시 배를 타고 일요일 아침에 인천항으로 돌아오는 코스였다.

토요일 아침 여행사에서 제공한 김밥으로 아침 식사를 한 후, 버스를 타고 성판악 입구까지 이동하여 한라산 종주가 시작되었다. 그때 까지만 해도 종주거리가 총 18.3km에 이르고 시간이 거의 9시간 넘게 걸린다는 것을 모른 채 산을 오르기 시작했다. 진달래 대피소에 이르러서야, 정상인 백록담에 가기 위해서는 늦어도 12시 이전에 진달래 대피소를 통과해야 하고, 백록담에서는 13시 30분 이전에 하산을 시작해야만 해가 지기 전에 안전하게 하산할 수 있다는 시간제한이 있음을 알았다.

10월의 한라산 단풍은 아름다웠지만, 정상 인근은 바람이 거세게 불어서 추위를 느낄 정도였다. 백록담 하산 마감 시간에 쫓겨 정상 부근에서 점심(도시락)을 먹는 둥 마는 둥 하고 관음사 방향으로 하산하기 시작했다. 하산 하는 길은 길고 멀었다. 날이 이미 어두워진 뒤에 겨우 관음사 입구에 도착했다. 배는 저녁 7시 출항이었는데, 우리 일행 중 마지막으로 승선한 시간이 6시50분이었다.

그렇게 기진맥진한 상태로 3등칸 선실에 모두 누웠다. 어느 정도 휴식을 취한 다음에 저녁식사를 위해서 둘러앉았다. '이렇게 힘든 코스인줄 알았더라면 오지를 않았다'는 의견이 많았다. 회원 중 한분이 추천해서 이번 제주도여행을 신청하긴 했지만, 총무인 나도 이런 난코스인줄을 몰랐다.

컵라면, 빵, 귤, 새우깡 그리고 소주로 저녁을 대신하면서 길고도 길었던 하루를 추억했다. 그때 함께 간 부부들의 나이는 47세~63세였는데, 그날 18.3km의 한라산 종주기록은 평생의 기록이 되었다. 그 이후로는 그렇게 긴 코스를 걷지 않았기 때문이다.

그래도 한편으로는 어쨌든 한라산 종주를 마무리했다는 것은 스스로에게도 대견한 생각이 들기도 했다. 이런 저런 이야기를 나누다가 '오늘 너무 고생을 했으니, 언젠가는 최고급 크루즈선을 타고 멋진 여행을 떠나자'고 제안을 했다. 그렇게 7천톤급 인천~제주간 정기여객선 3등칸 선실에서 종이컵 소주잔으로 건배를 하며 다짐을 한 것이 7년 뒤 크루즈여행의 열매를 맺는 씨앗이 되었다.

그해 12월 송년 모임을 가지면서 크루즈여행에 대한 계획을 발표했다.

목표 연도를 7년 뒤인 2012년으로 잡았다. 회원 중 가장 나이 어린 부부의 막내 자녀가 대학에 입학하는 해를 목표로 잡았다. '행복한 부부대화 모임(M.E.모임)'에서 활동하던 회원 중 제주도 2박3일 여행에 참여한 부부를 포함하여 13부부가 크루즈여행을 희망했다.

M.E. 부부들이 7년 뒤 크루즈여행을 가기로 했다는 소문이 성당 내에 퍼졌으나, 아무도 비중 있게 받아들이지는 않았다. 그것은 우선 7년 뒤라는 기간이 너무나 긴 시간이었고, '그 모임이 그때까지 지속될 수 있을까?'하는 의문이 들 수밖에 없었기 때문이었다. 어쨌든 제주 해협 바다 위에서 잉태한 '크루즈여행 7년간의 프로젝트'라는 희망의 홀씨는 긴 여정을 시작하게 되었다.

2 한국의 베이비부머들에게 보내는 크루즈여행 초대장

> 『떠나라/ 낯선 곳으로/ 떠나라/ 떠나는 것이야말로/
> 그대의 재생을 뛰어넘어/ 최초의 탄생이다 떠나라』
>
> – 고은, 시 '낯선 곳'중에서 –

　우리나라의 베이비붐 세대는 일반적으로 1955 ~ 1963년 사이에 출생한 인구를 제1차 베이비붐 세대로, 1968 ~ 1974년 사이에 출생한 인구를 제2차 베이비붐 세대로 분류한다. 통계에 의하면 제1차 베이비붐 세대의 수는 712만명, 제2차 베이비붐 세대의 수는 605만명이다. 제1차 베이비부머들은 6.25 전쟁 이후 폐허의 시기에 대부분 농촌에서 태어나 어린 시절 보릿고개를 체험했다. 초등학교는 콩나물시루 같은 교실에서 오전, 오후로 나뉘어 2부제 수업을 받았다. 70년대에 학업을 마치고 80년대의 고도 성장기에 산업 일선에서 경제성장과 한편으로는 민주화에 기여한 세대이기도 하다. 경제가 팽창하던 시기였던 70년대 후반 80년대 초반에는 지금과는 달리 취업이 잘 되었다. 그러나 1990년대 후반에 불어 닥친 아시아 금융위기(IMF 사태)의 삭풍을 온 몸으로 맞아야 했던 세대가 또한 베이비부머들이었다.

　베이비붐 세대를 흔히 '낀 세대' '샌드위치 세대'라고 부른다. 자식으로서 부모를 당연히 부양해 왔고, 자식들을 위해 온갖 희생을 했지만, 정작 본인들은 자식들에게 노후를 맡길 수 없는 세대라서 붙여진 이름이다.

이제 한국 베이비붐세대들의 은퇴가 본격화 되고 있다. 길어진 노후 (2016년 현재 우리나라의 평균 수명은 81.1세이다)를 앞에 두고, 은퇴를 했거나, 앞둔 베이비부머들에게 크루즈여행 초대장을 보낸다.

은퇴 후의 삶을 제2의 인생이라고 하지만, 나는 제3의 인생이라고 부르고 싶다. 제1의 인생은 유아, 청소년기로서 경제적으로 독립하지 못한 시기이다. 제2의 인생은 경제적으로 독립을 하고 가정을 꾸려온 시기이다. 하지만 자신의 뜻대로 살아온 시기는 아니다. 자신의 전공을 살리고, 하고 싶었던 일을 해온 사람은 얼마나 될까? 운명적으로 세월에 밀려 앞만 보고 달려왔다. '목구멍이 포도청'앞에 자신의 꿈과 이상을 펼치기에는 현실은 녹녹하지 않았던 삶이 제2의 인생이었다.

은퇴 후 제3의 인생이야 말로 정작 본인의 인생이다. 제3의 인생이 행복해야 비로소 성공한 인생이다. 제3의 인생은 남을 위한 삶, 타인의 눈치를 보고 타인의 기준에 맞추어 사는 인생이 아니라 자신의 삶, 자신의 꿈과 이상을 펼치는 인생이다. 오랫동안 교수를 지내고 정년퇴직을 한 원로 철학자는 60 ~ 75세까지의 삶을 인생의 황금기라고 했다.

'획기적'이란 말은 어떤 시대, 시기를 구분하는 것을 뜻한다. 사람들은 크고 작은 시기가 끝나고 새로운 일을 할 때에 여행을 떠난다. 학교를 마칠 때에는 졸업여행을, 결혼을 할 때에는 신혼여행을 떠나고 직장을 그만두거나 새로운 사업 구상을 할 때에 여행을 떠난다. 좌절하고 실패했을 때에도 여행을 떠난다. 여행은 안주해온 집을 떠남으로써 지나온 나날을 정리하게 하고, 미지의 세계에 발을 디딤으로써 새로이 다가오는 미래에 대한 희망과 에너지를 얻게 한다.

제3의 인생을 시작하는 베이비부머들에게 크루즈여행은 평생의 멋진 추억이며, 인생의 반려자로 온갖 희로애락을 함께 해온 부부 서로에게 그동안의 수고에 대한 보상이자 선물이기도 하다. 크루즈여행은 '비용'이 아니라 '투자'이다. 크루즈여행을 통해서 경험한 새로운 시각과 인식은 노후 인생을 살아가는데 생각의 깊이와 폭을 넓혀 줄 것이다. '수고한 당신, 떠나라'는 광고 카피처럼 한국의 베이비부머들은 떠날 자격이 충분히 있다.

호스피스 병동에서 임종을 준비하는 환자들을 대상으로 한 앙케트 조사에서, 살아오면서 가장 후회되는 것이 무엇인지 물어본 내용을 보면, '평생을 돈 버는 일에만 매달려 오다가, 여행 한번 제대로 못하고 병이 들어 인생을 마감하는 것'이라는 응답이 가장 많다.

그래서 '여행은 가슴이 떨릴 때 가야지, 다리가 떨릴 때는 갈 수가 없다'는 말이 있다. 주변을 보면 평생을 돈버는 일에 매진하다가 막상 노후에는 그 돈을 병원에 갖다 바치고 생을 마감하는 사람을 보게 된다. 어리석고 후회되는 삶이다.

물론 베이비부머들에도 해결 못한 숙제가 많다. 아직 결혼을 하지 못한 자식 등 여러 가지 문제를 안고 은퇴를 한다. 그러나 오늘의 행복을 내일로 계속 미루는 일은 이제 그만 하자. 영어의 'present'는 '현재'라는 의미와 '선물'의 의미를 함께 가지고 있다. 오늘의 선물에서 행복을 찾지 못하는 사람에게 나중에 찾아오는 행복은 없다.

한국의 베이비부머들에게 '제대로 된 여행, 생을 마감할 때 눈앞에 추억으로 남을 크루즈여행'에 초대장을 보낸다.

3 추억에 **투자하라**

『평생에 내가 벌어들인 재산은 가져갈 도리가 없다. 내가 가져 갈 수 있는 것이 있다면, 오직 사랑으로 점철된 추억뿐이다. 그것이 진정한 부이며 그것은 우리를 따라오고, 동행하며, 우리가 나아갈 힘과 빛을 가져다 줄 것이다.』

— 스티브 잡스의 '마지막 메시지' 중에서 —

누구나 어릴 적 동심으로 돌아가면 천진난만하게 지내던 시절의 추억이 있다. 동네 아이들과 해가 지는 줄도 모르고 뛰어 놀던 추억, 봄과 가을의 소풍, 학부모 여부와 관련 없이 지역 주민 모두의 축제였던 초등학교 운동회, 들에서 동무들과 함께 메뚜기를 잡아 구워먹던 일, 검정 고무신만 신다가 추석을 맞아 사준 운동화를 '추석 당일 날 신어라'는 어머니 말씀에 방 안에서 신어보면서 추석날을 손꼽아 기다리기도 했다. 생전 처음 타보는 기차를 타고 가는 서울 수학여행은 얼마나 마음이 설레었던가. 완행 보통열차는 모든 기차역마다 정차를 했는데, 밤인데도 자지도 않고 기차역 이름을 공책에다 적었던 기억이 난다.

성년이 되고, 본인과 가족의 생계를 책임져야 하고, 온갖 의무와 책임에, 주어지는 목표에 허덕이다 보면 추억은 점차 남의 일처럼 멀어진다. 분명히 경제적으로는 옛날보다 잘 사는 것 같은데도 마음 한구석은 허전하고 비어 있다. 마음의 여유가 없어지고, 추억 쌓기가 힘들어졌기 때문

28

바다의 선물! 크루즈여행 길라잡이

이다.

　범죄자들이나 정신적으로 병을 앓고 있는 사람들 중 많은 사람들이 어릴 적 아름다운 추억이 없거나 부모나 주변에서 사랑을 받아 보지 못한 사람이 많다고 한다. 성장 과정에 좋은 추억이 많은 사람은 정서적으로 안정되어 있고, 어렵고 힘든 일이 닥쳐도 마음의 동요가 적다. 과거의 추억에서 미래를 헤쳐 나갈 힘을 얻는다. 요즘 아이들을 너무 공부에만 내 몰지 말고, 부모와 또는 친구들과 멋진 추억을 쌓도록 해주는 일이 필요한 이유이다.

　우리는 일상생활을 살아가면서 시간의 제약 속에서 살아간다. 하루는 24시간, 일 년은 365일이라는 틀 속에서 시간을 어떻게 보낼 것인가가 곧 행복한 인생을 사는 것과 연결된다. 결국 한 달도, 일 년도 하루하루가 모여서 이루어진다. 복잡한 현대 생활 속에서 시간의 우선순위를 정해야 할 때가 많다. 주중은 물론 주말이면 각종 모임이나 행사, 결혼 등 일정이 겹치는 때가 많다. 이때 우선순위를 '추억을 쌓는 모임이나 행사'에 두도록 권하고 싶다. 특히 여행가자고 권유를 받았을 때는 가급적 참석하기 바란다.

　추억을 쌓기에는 여행이 최고다. 산이 전 국토의 67%를 차지하고 있는 우리나라는 옛 부터 금수강산으로 불리는 아름다운 산하를 가지고 있고 삼면이 바다로 둘러싸여 있어서 해안의 정경 또한 일품이다. 사계절마다 형형색색의 옷을 갈아입고, 계곡에는 물이 흘러 산수를 함께 즐길 수 있다. 수도 서울을 비롯해서 거의 모든 도시가 산을 끼고 있다. 제주도 올레길이 큰 성공을 거둔 뒤에는 전국의 지자체에서 여러 가지 이름을 붙인 둘레 길과 산림욕장을 개발해서 시민들의 편의를 제공하고 있다.

　여행은 그것이 국내건 해외이든 일정이 잡히는 날부터 기다림과 설렘이 있다. 지치고 찌든 일상에서 떠난다는 생각만 해도 마음속에는 벌써 행복 호르몬이라는 세로토닌이 흐르기 시작한다.

88올림픽 이후 해외여행 자유화 조치가 시행된 이후에는 많은 사람들이 해외여행을 다녀오기 시작했다. 주5일제가 시행되면서부터 연휴나 방학 등 성수기에는 공항이 인산인해를 이룬다.

해외여행 자유화 초기에는 주로 가까운 중국이나 일본, 동남아 여행이 주류를 이루었다. 여행사간 경쟁이 심해지면서 낮은 가격에 판매한 여행에는 원하지 않는 약이나 상점에서의 상품 강요 등이 뒤따르기도 했다. 이제는 멀리 유럽, 미주 등지의 여행도 일반화 되고, 패키지여행 외에도 자유여행, 배낭여행, 오지여행, 테마여행, 성지순례 등 여행의 종류도 다양화되어 지고 있다.

이런 모든 여행의 종착역이 크루즈 여행이 아닌가 싶다. 그동안의 여행에 지치기도 하고, 나이가 들면서 무거운 짐을 싸고, 들고 내리는 것도 힘에 부치고, 버스를 타면 자리 다툼을 하는 경우도 있어서, 여유로운 여행을 하고 싶은 마음을 누구나 품고 있다.

크루즈 여행은 육로 여행과는 달리 호텔 급 선실에서 잠을 자는 동안에 다음 목적지로 이동을 하는 것이 가장 큰 차이다. 새벽이면 수평선 위로 떠오르는 태양을 바라보면서 새로운 항구가 반갑게 맞아 준다. 가벼운 차림으로 배에서 내려 기항지 관광을 하고, 저녁이면 배로 돌아와 아름답게 물든 석양을 바라보면서 와인과 함께 만찬을 즐기는 당신을 상상해보라. 크루즈 여행이 바다의 선물임을 실감하게 된다.

평생에 단 한번이라도 크루즈 여행을 경험하기 바란다. '바다를 한 번본 사람은 호수가 아무리 커도 바다라고 부르지 않는다!'는 광고 카피가 생각난다. 크루즈 여행은 바다라면 다른 여행은 호수라고 보면 된다. 그만큼 특별한 추억을 선사한다.

추억은 돈만 있다고 해서 만들 수 있는 것이 아니다. 아름다운 추억이 없는 사람의 노후는 외롭고 쓸쓸하다. 과거의 기억에서 고통을 제거한 것이 향수라고 했다. 향수는 아름다운 추억의 다른 이름이다. 사람은 언젠가는 걸을 수도 없고, 누워서 신이 부르는 날만 기다리는 시기가 온다. 이때 과거의 아름다운 추억은 의사가 주는 주사보다 편안한 진통제 역할을 한다. 여행은 소비가 아니라 투자이다. 가방이나, 자동차, 옷에 대한 소비는 일시적인 만족감에 그치지만, 추억을 쌓는 여행에 대한 투자의 효과는 평생을 간다. 스티브 잡스가 말하는 사랑으로 점철된 추억을 안고 생을 마감하는 사람은 행복하다.

4 성공적인
크루즈여행을 위하여

> 「사람은 나이의 많고 적음에 상관없이 삶의 목표를 정한 그 날부터 진정한 인생
> 의 항해가 시작된다. 우리에게는 인생 여정의 길잡이가 될 북극성 같은 것이 필요
> 하다. 삶의 목표가 그런 역할을 한다. 목적을 가진 사람은 목적에만 집중하는 삶을
> 살게 되고, 역경 속에서도 인내하게 되며 삶의 보람을 느끼게 된다.」
>
> – 차동엽 신부, '무지개원리' –

　크루즈여행은 일반적인 해외여행에 비하여 가격이 비싼 편이다. 대부분의 사람들이 큰 기대와 희망을 안고 떠난다. 그러기에 첫 번째 크루즈여행의 성공 여부가 매우 중요하다. 첫 번째 크루즈여행이 즐겁고 행복했던 사람들은 다음번 크루즈여행을 떠나고 싶어 하고, 준비를 하게 되지만, 처음 크루즈여행이 재미없었던 사람들은 경제적으로 여유가 있어도 크루즈여행을 다시 가려고 하지는 않는다.

　은퇴를 앞두고 있거나 은퇴를 한 베이비부머들의 크루즈여행은 어쩌면 처음이자 마지막인 크루즈여행이 될 수도 있기에 반드시 성공할 수 있도록 준비해야 한다. 필자 자신도 베이비부머의 한 사람으로서, 막연했던 크루즈여행을 성공적으로 이끈 경험을 바탕으로 처음 크루즈여행을 떠나는 분들에게 성공의 팁을 소개하고자 한다.

단체로 떠나라

크루즈여행을 떠났다가 '재미없었다. 지루하다. 여행 가격만 비싸다' 등의 실패담을 말하는 사람들 중의 상당수는 개인 혹은 소수의 인원이 아무런 준비 없이 불쑥 떠난 사람들이 많다. 외국어가 능숙하지 않거나 외국인과의 접촉을 꺼리고 힘들어하는 경우이거나 크루즈여행을 처음 가는 경우에는 단체로 가는 것이 좋다.

베이비부머들 대부분이 50대 중.후반을 넘어서기 까지 인생의 여정에서 여러 모임과 인연을 맺고 있을 것이다. 동기.동창 모임, 입사동기 모임, 지역향우회 모임, 종교단체나 봉사단체 모임, 취미활동 모임 등 다양한 모임이 있을 수 있다. 그중에서도 부부가 어울리기 가장 좋은 모임, 경제적인 여건이 비슷한 모임을 골라서 크루즈여행을 준비하기 바란다.

멋진 크루즈여행을 마치고 나서, 평생 동안 지속될 여행자 클럽의 동지가 될 수 있을 것이다.

크루즈여행의 가장 큰 즐거움 중의 하나가 멋진 정찬 디너이다. 정찬 식당의 경우 테이블이 6인석, 8인석, 10인석, 12인석 등으로 단체석으로 되어 있는 것이 일반적이다. 2인용 식탁은 별도로 예약 및 요금을 내는 스페셜티 레스토랑에서나 가능하다. 정찬식당은 선사에 따라서 시간과 좌석이 지정되는 경우도 있고, 선착순으로 배정이 되는 경우도 있는데, 어느 경우이든 단체 속에서 식사를 하게 된다.

2시간30분 정도 소요되는 만찬을 말이 잘 통하지 않는 외국인들 틈에 섞여서 소화하기란 쉽지 않다. 남편이 영어를 어느 정도 하더라도 부인이 영어 소통이 힘든 경우에는 즐거워야 할 식사시간이 지겨워진다.

그래서 가급적이면 단체를 구성해서 저녁 만찬을 일행들 끼리 즐기는 것이 중요하다. 여행지에서의 느낌, 각자의 인생살이(각각 직업이 다르고, 살아온 인생이 다르고 각자의 취미, 건강 등 다양한 주제가 있다)에서 얻은 경험 등 얼마든지 재미있는 대화를 맛있는 와인과 함께 즐길 수 있다.

사전에 철저히 준비하고 떠나라

방문 예정인 기항지에 대해서 사전에 연구를 해서 어느 곳을 방문할지, 식사는 어디에서 할지를 미리 준비하고 떠나라. '아는 것 만큼 보인다'는 유홍준 교수의 말처럼 사전에 공부를 하고 갔을 때, 생각과 이해의 폭과 깊이가 달라지는 것을 확실히 느낀다.

선내에서도 무엇을 하며 보낼 것인지를 단체 차원에서 미리 준비하는 것이 좋다. 일행들 중에서 그해에 회갑을 맞거나, 결혼 25주년 혹은 30주년 기념을 맞이하는 부부가 있다면, 축하 이벤트를 해 주는 등의 계획과 저녁 만찬 이후의 함께 보내는 시간, 혹은 개인적으로 보내는 시간 등에 대한 준비를 하는 것이 좋다.

단체로서 사전 예약을 통해 최대한 가격 할인을 이용하라

크루즈예약은 18개월~6개월 전에 예약이 가능하고 조기 예약의 경우 여러 가지 할인 혜택이 주어진다. 전체 여행 경비중 비중이 높은 왕복 항공료의 경우에도 사전 예약, 단체 예약을 통해서 저렴한 티켓을 확보할 수 있다.

일정 인원 이상의 단체가 되면 크루즈선사, 여행사, 항공사, 호텔 등에 가격, 비가격 여러 항목에서 여행상 유리하고 편리한 서비스를 제공받을 수 있다.

　필자의 경우에는 제1차 크루즈여행을 7년이란 긴 시간 동안 준비했다. 13부부가 참여해서 여행 기금을 모았고, 출발 3년 전부터는 주요 크루즈 선사 한국 대리점과 크루즈 전문 여행사와 접촉을 하여, 그중에서 크루즈전문 여행사를 우선협상대상자로 선정하여 여러 차례 회합과 정보 교환을 통해서 여행 대상지와 크루즈선사를 검토했고, 기항지 관광 스케줄도 회원들의 의견을 반영하여 우리 팀 단독으로 진행하는 계획을 확정했다. 12만 톤급 프리미엄 크루즈선으로 새로 건조한 셀레브리티 실루엣 호의 아드리아해 & 지중해 14박15일 일정으로 출발 1년 전에 최종 계약을 체결했다.

첫 방문지로는 지중해 크루즈를 권한다

　세계 크루즈여행 시장의 양대 산맥은 지중해와 카리브해이다. 두 군데 다 비행시간은 12시간 내외가 소요되고 가격대도 비슷하지만, 첫 번째 크루즈를 간다면 지중해를 추천하고 싶다.

　카리브해는 아무래도 미국인들이 휴양지로서 많이 찾는 지역이다. 크루즈여행은 낮과 밤을 충분히 활용해야 하는데, 카리브해는 첫 번째 크루즈여행대상지로 택하기에는 한국인의 정서상 가격 대비 효용이 낮다고 볼 수 있다. 반면에 지중해는 서지중해이든 동지중해이든 기항지 관광이 다채롭다. 내리는 항구마다 오랜 역사와 유적지가 있어서 낮에는 기항지 관광, 밤에는 선상 공연이나 이벤트 등을 통해 시간을 알차게 보낼 수 있다.

　물론 한중일 크루즈나 동남아 크루즈가 있어서 접근성이나 가격 면에서 유리한 점이 있지만, 크루즈라는 고품격 여행이 주는 선진 문화의 폭넓은 이해나 경험을 위해서는 중국인들이 쇼핑 목적으로 많이 타는 코스보다는 지중해 크루즈 여행을 권한다.

또 하나의 이유는 조금이라도 젊었을 때, 멀리 가는 여행(비행시간이 긴 여행)을 다녀오는 것이 좋다. 중국, 일본, 동남아 등은 길어진 노후에 언제든지 갈 수 있기 때문이다.

지중해 지도를 보면 알겠지만 동지중해는 동으로는 아드리아 해와 맞물려 발칸반도와 남동으로는 그리스, 터키가 둘러싸고 있고, 서지중해는 서쪽으로 스페인이, 남서로는 북아프리카가 있어서, 태풍이나 해일이 거의 없다. 그래서 배가 흔들리거나 하는 일이 없고 멀미 걱정을 하지 않아도 된다. 대형 호텔에 누워서 편안하게 이동한다고 보면 된다. 실제로 우리 일행 중 14박15일 동안 멀미로 고생한 사람은 한명도 없었다.

지중해의 크루즈는 4월~12월 사이에 운행한다. 여름이라도 지중해의 건조한 바람은 우리나라 여름처럼 습하지가 않다. 여름 방학시즌에는 항공료도 비싸고, 현지에도 바캉스 시즌이라 복잡한 경우도 있어서 봄이나 가을 중에 떠나면 더욱 좋다.

지중해의 각 기항지 항구에는 관광인프라가 잘 되어 있어서, 단체별 단독 관광, 크루즈 선사의 선택 관광, 개인별 혹은 소그룹별 자유 관광을 자유롭게 선택할 수 있는 것도 강력하게 추천하는 이유이다.

부부 중심의 여행을 하라

성공적인 크루즈여행을 위해서는 부부가 중심이 되는 여행을 해야 한다. 오랜 세월을 함께 살아온 부부가 인생의 후반기에 떠나는 크루즈여행의 중요성은 두말할 나위가 없다. 남편과 아내로서 그동안 수고한 삶에 대한 보상이자 위로이기도 한 여행이다.

크루즈선에 승선한 서양 사람들은 부부 중심으로 행동하는 것이 자연스레 몸에 배어 있다. 식당, 파티, 공연 관람, 관광 등 모든 일정에 부부가 함께 하는 것이 대부분이다. 부부들이 항상 '레이디 퍼스트'를 일상생활에서 실천하는 모습에서 배울 점이 많다.

우리나라의 경우에는 부부가 함께 하는 모임인데도 식당에서 식사를 할 때 보면, 남자와 여자가 따로 좌석을 차지하는 경우가 많다. 크루즈선의 식당에서는 가급적 이런 식의 좌석 배치를 해서는 안 된다. 항상 부부가 함께 앉고, 서로 대화를 나누거나 건배를 하는 등 식사를 즐겨야 한다.

우리 일행은 선상 생활 중 미팅 룸을 빌려서 윷놀이도 하고, 다과를 함께 하면서 부부대화의 시간을 갖기도 하였다. 기항지 관광 중에 유명한 명소의 경우에는 단체 사진 외에도 부부 단위로 인증 샷을 필히 하였다. 저녁 정찬 디너는 한 테이블에 이틀 이상 연속 같은 부부가 마주보고 앉지 않기로 룰을 정했다. 친교의 시간을 골고루 갖기 위해서였다.

5 구본형과의 만남, 여행에 대한 꿈을 키워준 인생의 멘토

『여행은 단순한 놀이나 휴식이 아니다. 그것은 그 이상이다. 여행을 떠나지 못하는 사람들은 아직 중요한 인물이 될 준비가 되지 않은 사람이다. 바쁜 사람들, 그들이 바로 찢어지게 가난한 사람들이다. 삶 자체가 여행이다.』

– 구본형, '나는 이렇게 될 것이다' –

　지금은 고인이 된 구본형(이 책에서 '구본형'은 '구본형 선생'의 줄임말이다)을 처음 만난 것은 1998년 IMF사태 당시 그가 펴낸 첫 번째 책인 '익숙한 것과의 결별'을 통해서였다. 그 책을 보면서 화산의 용암이 끓듯이 가슴속에 뜨거운 감동의 기운을 느꼈다. 그날 이후 나는 구본형이 설교하는 '꿈'이라는 종교에 세례를 받고 그의 신자가 되었다. 시간이 지나면서 그가 펴낸 책들은 모두 구입해서 읽었고, 변화경영 전문가에서 변화경영 사상가로 종국에는 변화경영 시인으로 살고자 했던 그의 인생을 책을 통해 지켜보았다. 삶이 단명하기에 더욱 아름답다고 말했던 그는 안타깝게도 2013년에 59세를 일기로 세상을 떠났지만, 지금도 나의 서재 책꽂이 로열층에서 구본형의 책들은 나와 함께 살고 있다.

　20세기 후반기의 IMF사태와 21세기 초반의 리먼 사태 등 경제 위기를 겪으면서, 수많은 자기계발서가 쏟아져 나왔지만, 나는 구본형이라는 인물에 계속 이끌렸다. 그는 말과 행동이 일치하는 실천가로 다가왔고, 평범한 사람들에 대한 한없는 애정을 지니고 있음을 그의 책을 통해서 알 수 있었다.

그가 나에게 준 가장 강렬한 메시지는 '꿈'이었다. "꿈을 찾아라. 하고 싶은 일을 찾아라. 그 일에 시간을 투입하라. 그러면 성장할 것이다. 그러한 성장을 통해서 이웃과 세상에 기여하라."

사실 직장생활을 하거나 사업을 영위하는 사람에게 하루 중 자신이 마음대로 사용할 수 있는 가용시간, 즉 소득으로 치면 가처분소득과 같은 시간은 하루 중 얼마 되지 않는다. 격무와 교통 체증에 시달리다가 귀가 후 씻고, 저녁식사와 양치질 등 일상적인 습관의 행동을 마치고 나서, 뉴스만 봐야지 하고 TV앞에 앉는 순간 대부분 그날은 끝이 난다.

나는 나에게 주어진 가용시간의 사용 우선순위를 구본형이 가르쳐 준대로 가급적이면 꿈과 관련된 일에 투입하였다. 그것은 독서이기도 하고, 운동일 때도 있고, 이웃과의 관계나 모임일 수도 있다. 교회나 사회에서의 봉사 활동일 때도 있었다. 또는 몇 년 전부터 시작한 악기(아코디언, 오카리나) 연습이기도 했다. 일상의 역사를 일기로 기록하고, 꿈과 관련된 자료나 사진을 정리해왔다. 하루하루 조금씩 성장하는 일, 의무가 아닌, 좋아서 스스로 하는 일을 찾아 시간이라는 나의 자산을 쏟아 부었다. 그러한 대상을 찾았다는 것 자체가 행복했다.

현실의 삶이 팍팍하고 힘들 때, 구본형의 책을 읽어 본다. 같은 책을 여러 번 읽을 때도 있다. 그렇게 구본형 따라 하기를 계속한 결과, 크고 작은 꿈과 함께 조금씩 성장해온 나를 발견하게 되고, 상당한 시간이 흐른 지금, 내가 추구해온 꿈에 근접해 있는 나를 만나게 된다. 그는 책을 통해서 일상생활에서 실천할 여러 가지 강령들을 남겼다. 삶을 꾸려 가는 강령, 인간관계를 부드럽게 하는 강령, 일에 대한 강령, 운이 좋아지는 강령, 자기계발 강령 등.

특히 그는 여행의 중요성에 대해 많은 메시지를 전해 주었다.

* 한 주일에 한번 산에 가기(아마도 근교 산을 말한 듯하다)
* 한 달에 한번은 먼 산을 가기
* 1년에 한번 해외여행 하기

그래서 나도 국내건 해외건 여행의 기회가 있으면 가려고 노력해왔다. 여행은 한자리에 계속 머물러 있으면 볼 수 없는 시각을 일깨워 주고 몸과 영혼에 신선한 영양분을 공급해 준다. 나와 다른 사람에 대한 차별이 아니라 차이의 존중을 가르쳐 준다.

막연하기만 했던 크루즈여행의 꿈을 7년간이란 긴 시간동안 매달려올 수 있었던 것도, 여행이 행복을 나누는데 큰 역할을 하는 것임을 구본형을 통해서 학습되고 축적된 가치관을 가지고 있었기 때문이었다.

7년 뒤 크루즈여행이라는 거대한 프로젝트를 기획하고, 하나씩 하나씩 준비하면서 나는 꿈이 나무처럼 성장하는 것을 체험했다. 나무처럼 새싹이 점점 자라서, 키가 커지고, 잎이 돋아나 무성해 졌으며, 여름이면 그 그늘에서 쉴 수가 있었고, 마침내 가을이 되어 그 열매를 동반자들과 함께 따서 나누었을 때의 행복과 감동!

크루즈여행을 준비하면서 힘들거나 해결해야할 난제가 있으면, 나는 그분의 어록을 읽고 해결방안을 찾고 용기를 얻었다.

구본형은 책으로만 만났지만, 여행에서 그리고 일상의 삶에서, 내 인생의 멘토가 되었다.

바다의 선물! 크루즈여행 길라잡이

2부

크루즈여행 준비,
또 하나의 여행

6 바다의 선물, 크루즈 여행의 장점과 매력

『누군가에게 '충분히 여유를 갖고 살라'고 말하는 것은
그에게 '행복하게 살라'고 말하는 것과 같다.』

– 파스칼 –

크루즈여행의 세계 공용어, 감탄사!

대표적인 감탄사 '아', '바다' 모두 양성모음의 맏형인 'ㅏ'로 발음된다.
그리고 보니 '감탄사'란 말 자체도 양성모음 'ㅏ'로 이루어져 있다. 양성
모음은 자주 발음하다보면 긍정적이고 밝은 마인드로 기분이 전환되는
효과가 있다. 크루즈여행이 주는 장점과 매력, 즉 바다의 선물을 누리는
동안 마음껏 감탄사를 연발하기 바란다. 여행을 마치고 하선할 때 당신
은 감탄사에 익숙한 긍정적인 사람으로 바뀌어 있을 것이다.

일상에서의 완벽한 탈출을 경험한다

여행을 흔히 '일상에서의 탈출'이라고 표현한다. 여러 가지 여행 경로
중에서도 크루즈여행은 그런 의미에서 완벽한 일상의 탈출을 경험할 수
있는 여행이다. 배를 타고 출항을 하면, 일단 육지와 분리가 된다. 근해

를 벗어나 공해상에 접어들면 핸드폰의 연결이 끊어진다. 그리고 사방팔방을 둘러봐도 수평선으로 구분된 바다와 하늘만이 눈앞에 펼쳐진다. 이처럼 완벽한 탈출이 어디에 있겠는가!

내 집 같은 안락함과 평온함을 누린다

크루즈선실은 바다가 보이는 전망을 가진 호텔에 투숙하는 것과 같다. 매일 아침 수평선 위로 떠오르는 태양을 바라보면서 하루의 시작을 맞이한다. 멀리서 점점 다가오는 기항지 항구의 아름다운 모습은 하루하루를 새로운 설렘으로 채워준다. 저녁이면 석양의 노을을 감상하면서 커피나 와인을 즐길 수가 있다. 발코니의 안락의자에 앉아 독서 삼매경에 빠지거나 사방으로 펼쳐진 수평선과 하늘, 뭉게구름을 보면서 명상의 시간을 가질 수도 있다. 실제로 크루즈선은 바다에서 이동하는 특급호텔이라고 보면 된다. 침대에 누워서 편안히 쉬거나 잠든 사이에 이동을 하니, 내 집과 같은 안락함과 평온함을 여행 내내 누릴 수 있다.

자유로움과 홀가분함이 주는 매력에 빠진다

크루즈여행이 주는 여러 가지 장점 중에서도 가장 큰 장점은 기항지에 도착해서 아침식사를 마치고 여유롭게 배에서 내릴 때, 다른 여행과 차별되는 매력을 실감한다. 일반 육로 버스 여행에서는 호텔에서 매일 체크인과 체크아웃을 할 때, 버스에다 짐을 내리고 싣는 일, 호텔에서 매일 짐을 풀었다 다시 싸는 일이 큰 부담이다. 크루즈여행에서는 카메라(요즘은 핸드폰을 사용하는 사람들이 더 많다) 혹은 음료수나 지갑 정도를 넣을 작고 가벼운 백팩 하나 달랑 매고 내리면 된다.

처음 크루즈 여행을 가서 기항지에 첫발을 내디딜 때의 기분은 걷는다는 것을 넘어서서 날아갈 것 같은 그런 자유와 홀가분함을 느낀다.

세계의 산해진미를 맛본다

크루즈가 주는 또 하나의 장점은 선상에서 생활하는 동안 세계 각국의 최고급 요리를 마음껏 즐길 수 있는 점이다. 주류를 제외한 식음료는 여행가격에 포함되어 있다. 아침 식사는 뷔페식당에서 이용을 하고, 점심은 대개 기항지 관광을 하게 되면, 관광지에서 현지식을 한다. 오후에 배로 귀환해서 맞이하는 저녁 정찬이 바로 매일의 큰 즐거움이다. 매일 바뀌는 각국의 요리는 국내 고급 호텔의 식사 메뉴를 능가할 정도로 훌륭하다.

기항지 관광을 마치고 5시경 귀환해서 잠시 휴식한 후 저녁 6시경부터 시작하는 만찬은 풀코스가 2시간 반 정도 소요된다. 석양의 수평선을 바라보면서 와인과 함께 하는 정찬은 크루즈여행의 큰 매력이다.

단기간에 많은 여행지를 방문할 수 있다

버스로 이동하는 육로 관광의 경우에는 다음 도착지가 원거리인 경우에는 낮 동안의 관광을 짧게 하고, 버스를 지겹도록 타고 가서 밤늦게 호텔에 도착하거나, 새벽에 일찍 일어나서 허겁지겁 떠나야 할 때도 있다.

크루즈여행은 낮에는 기항지 관광을 하다가 저녁에 배로 돌아오면, 다음 기항지로 출발한다. 즉 여행자들이 쉬거나 편안히 자는 동안에 이동을 하게 된다. 우리 일행이 제1차 크루즈여행에서 승선한 셀레브리티 실루엣호

(12만 톤)의 최고속도는 24노트인데 시속 45km에 해당한다. 오후 5시에 출항해서 12시간을 항해한다고 가정해도 상당한 거리를 밤사이에 이동할 수 있다. 버스 여행으로는 잡기 어려운 일정도 크루즈여행에서는 가능하다.

다양한 관광 프로그램을 이용할 수 있다 – 패키지, 자유여행 모두 가능

기항지 관광의 경우에 선사에서 제공하는 다양한 코스를 선택해서 이용할 수도 있고, 개인적으로나 속한 단체별로 별도의 관광코스를 선택할 수 있는 등 선택의 폭이 넓다. 기항지 관광 대신 선내에 머물면서 즐길 수도 있다.

선내에서 다양한 문화와 오락을 즐길 수 있다

여행 기간 중 매일 뮤지컬, 연주회, 각종 쇼, 전시회, 강연, 영화, 미술 체험 등 다양한 콘텐츠의 프로그램과 세계 각국의 사람들이 승선하기 때문에 글로벌 문화를 체험할 수 있다. 전일항해를 하는 날이거나, 혹은 스스로 기항지 관광 대신 선내에 머물 때에도 선내의 여러 가지 다양한 프로그램이나 공연, 수영장, 피트니스센터, 탁구장, 도서관, 스파, 게임룸, 인터넷룸 등에서 여가시간을 보내거나 쇼핑센터에서 쇼핑을 즐길 수도 있다.

최고의 서비스를 누릴 수 있다.

보통 10만 톤 내외의 크루즈선에는 승무원 1,000~1,200여명에 승객 1,800~3,000여명 내외가 승선한다. 승무원 1인당 서비스하는 승객 수는

❶ 크루즈선에서 바라본 석양. 사방으로 이어진 수평선에서 상상의 날개를 마음껏 펼칠 수 있다.
❷ 발코니룸에서의 휴식시간. 내집같은 안락함과 평온함을 누린다
❸ 선내에서 다양한 문화와 오락을 즐길 수 있다

크루즈선 등급을 판정하는 기준이 되는데 보통 승무원 1인당 1.5~2.5명 사이가 많다. 식사를 비롯해서 선내 생활을 하는데 조금도 불편함이 없도록 잘 훈련되고 친절한 승무원의 서비스를 24시간 누릴 수가 있다.

안전한 여행이다

다른 운송 수단에 비해 크루즈선은 안전하다. 크루즈선 자체가 대형이기도 하고, 흔들림을 최소화하기 위하여 배가 안정적인 무게중심을 가지도록 설계되어 있다. 또한 의료진이 24시간 상근하고 있어서 언제든지 응급치료가 가능하고 치안 등에 있어서도 다른 여행에 비해 완벽할 정도로 관리가 잘 이루어지고 있다.

건강 관리에도 좋다

해외여행을 열흘 이상 하고 오면, 체중 이 늘었다는 사람이 없지 않다. 크루즈선에서는 아침저녁으로 조깅, 산책 코스 이용, 피트니스센터, 수영장, 탁구장 등 여러 가지 운동 시설이 있어서 각자 취향에 따라 여행 중에도 운동을 할 수가 있어서 건강이나 체중 관리에도 유리하다.

크루즈여행의 큰 즐거움중의 하나가 세계 각국의 고급 요리를 매일 맛보는 것이다

선실내 옷장. 짐을 선내에 두고 홀가분하게 기항지 관광을 즐기는 것은 크루즈여행의 큰 장점이자 매력이다

7 목표연도 정하기와 크루즈여행 기금 적립

『미래에 도달할 수 있는 최고의 자신을 그려보는 실습은 삶의 큰 그림과 현재 가고 있는 방향을 새롭게 조망하는데 도움이 된다.』

– 소냐 류보머스키, 'How to be happy' –

　단체로 크루즈여행을 꿈꾸는 경우에는 우선 모임의 회장과 총무를 정해서 추진할 리더를 결정해야 한다. 크루즈여행을 목적으로 새로이 모임을 만드는 경우도 있고, 기존 모임에서 크루즈여행을 가기로 정하는 경우도 있다. 후자의 경우에 모든 회원이 크루즈여행을 가지 못하고 희망자만 가게 될 경우에는 별도의 추진단을 만들어서 크루즈모임의 회계는 독립적으로 적립하는 것이 좋다.

목표연도 정하기

　우리 팀의 제1차 크루즈여행(아드리아해 & 지중해)은 앞에서 언급한 바와 같이 7년간의 준비과정을 거쳐 이루어졌고 그 후 제2차 크루즈여행(남미)은 3년간의 준비가 있었다. 7년이라는 기간은 이례적인 케이스이

고 필자의 경험으로는 은퇴했거나 은퇴를 앞둔 베이비부머들 그리고 회
갑, 결혼30주년 등 이벤트를 앞둔 모임에서 크루즈여행을 간다면 3년 정
도 전부터 준비하는 것이 무난하다. 목표연도가 정해져야 그 기간에 맞
추어 여행기금 적립 등 구체적인 준비에 들어가게 된다.

크루즈여행 기금 적립

목표연도가 정해지면 크루즈여행기금 적립계획을 세워야 한다. 회원
들과 기금적립을 의논하다보면, '나는 여행을 꼭 갈 건데, 돈은 나중에
한꺼번에 내겠다'는 회원이 있을 수 있다. 물론 개인적으로 경제적인 여
유가 있어서 누가 보아도 한꺼번에 내는데 무리가 없을 것으로 보여도,
모임 전체의 친목과 단결을 위해서, 단체로서의 목표를 정했으면 구성원
으로서 그 과정을 함께 하면서 꿈나무를 키워 가는 것이 바람직하다.

우리 팀의 경우에는 지중해 크루즈를 목표로 매분기마다 부부 당 50만
원, 1년에 2백만원, 7년간 부부 당 1천4백만원을 적립했다.

첫 해에는 요구불 계좌에 기금회비가 적립되면 매월말마다 '자유적립
적금'에다 이체를 했다. 다음 해 부터는 적금은 정기예금으로 전환하고,
또 다시 1년제 자유적립적금을 운용하는 방식으로 기금을 관리했다. 매
년 총회 때마다 당연히 '크루즈 꿈나무 성장현황(기금운용현황)'을 회원
앞 보고했다.

처음 출발 시에는 7년은 아주 먼 시간이었기에, 기금이 5천만원, 1억
원, 1억5천만원을 돌파할 때마다 조촐한 축하 모임을 열었다. 그런 모임
을 통해서 회원들은 크루즈선을 탈 날이 조금씩 다가오고 있음을 느끼
고 기대와 설렘을 공유했다. 2005년부터 7년간이나 기금을 적립하다보
니, 회원들이 매분기 불입한 날짜는 제각각 빠르기도 하고 늦어지기도

하는 것이 일반적이다. 그래서 기금적립이 완료된 시점에서 엑셀 프로그램을 이용해서 7년간 전체 기간 중 회원들이 불입한 날짜와 금액을 기준으로 일일이 적수계산을 했다. 2008~2009년 당시에는 리먼 사태로 인해 상당히 높아진 금리로 운용을 했기 때문에, 최종 결산 결과 원금 총액 1억8천만원에 예금이자 발생액만 1천6백만원에 달했다. 이자는 적수 금액에 따라서 비례 배분하여 회원들에게 돌려주었는데, 부부별로 많게는 2백만원에서 60만원 정도가 배분되었다. 각자 크루즈여행 경비 충당에 큰 도움이 되었고, 기금을 관리해온 총무로서 필자도 큰 보람을 느꼈다.

크루즈여행을 위한 기금은 다른 성격의 친목 모임도 마찬가지이지만, 원리금 보장이 되는 시중은행의 예금(정기적금, 정기예금 등)으로 운용하는 것이 원칙이다. 원리금 손실이 올수 있는 상품(주식 등)이나 다른 방식의 운용은 절대 금물이다.

크루즈여행 준비 일정 예시 (3년간 준비를 가정)

▶ D−42개월(36개월+6개월) : 기금적립시작 (분기별 4회차 * 3년 = 12회차 적립)
  : 여행 목표 지역(예: 지중해) 결정
▶ D−30~24개월 : 구체적인 여행 코스 결정을 위한 조사 등 준비
▶ D−18개월 : 크루즈 선사 및 여행사 선정
  : 복수의 회사와 접촉. 필요시 회사로부터 Presentation 및
  Q&A 진행
  : 구체적인 여행 코스 결정
▶ D−18개월~12개월 : 크루즈선사 및 여행사 결정
▶ D−12개월~6개월 : 여행계약 체결. 6개월 전까지 여행기금 적립 완료
▶ D− 6개월~3개월 : 여행경비 최종 지급
▶ D− 3개월~1개월 : 여행준비물 점검, 최종 준비 모임

크루즈여행 기금 적립 예시 (지중해 14일 여행경비 1인당 7백만원 가정)

▶ 기금적립목표액 : 1인당 7백만원 (부부당 1천4백만원)
▶ 적립방법 : 매분기 1백만원 → 1년간 4백만원 → 3년간 1천200만원
  ☞ 나머지 2백만원은 마지막 회차에 적립함
  ☞ 크루즈여행은 사전 계약이 6개월~1년 전에 가능하기 때문에
    기금적립은 출발 6개월 전에 끝낼 수 있도록 계획을 세워야 한다.

베이비부머에게 추천하는 크루즈여행 코스별 예상 금액과 시즌

크루즈여행 코스	예상 여행금액 (1인기준)	크루즈 운항 시기 (성수기)
지중해	4 ~ 6백만원 (10일 내외)	4월 ~ 12월 (5월 ~ 9월)
북유럽	6 ~ 8백만원 (14일 내외)	5월 ~ 9월 (6월 ~ 8월)
남 미	13 ~ 15백만원 (20일 내외) 15 ~ 20백만원 (26 ~ 28일)	12월 ~ 4월 (1월 ~ 2월)
알래스카	4 ~ 6백만원 (10일 내외)	5월 ~ 9월 (6월 ~ 8월)
카리브해	4 ~ 6백만원 (10일 내외)	연 중 (12월 ~ 2월)
호주 & 뉴질랜드	6 ~ 8백만원 (14일 내외)	10월 ~ 5월 (4월 ~ 5월)
동남아	1.5 ~ 3백만원 (4~7일 내외)	연중

*1) 패키지여행 기준(기항지관광, 항공료, 선내팁 포함)의 예상가격임
*2) 선실(캐빈)의 종류, 여행일수, 성수기.비수기, 항공할증료, 환율, 계약시기, 단체할인 등
여러 가지 변수에 따라 달라질 수 있음

크루즈기금 1억원 돌파 축하연에서, 왼쪽부터 모임의 회장, 축하공연을 해준 필자의 친구(성악가), 필자

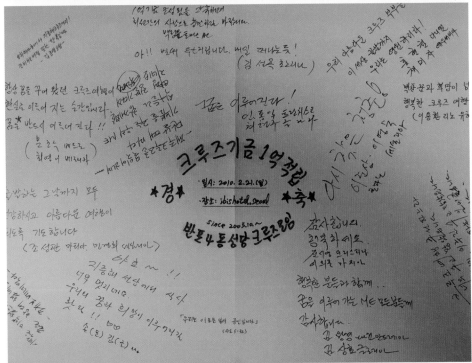

크루즈기금 1억 돌파 축하연에 참석한 회원들의 소감을 적은 방명록

8 꿈의 공현(公現),
세상에 꿈을 알리다

『무엇이든 만 번을 말하면 이루어진다.』

– 아메리카 인디언 속담 –

7년 뒤 크루즈 여행이라는 거대한 프로젝트를 세우고 구체적 방안으로 여행기금을 적립하기 시작한 우리 회원들에게 오랜 기간 동안 꿈을 안고 살아갈 모티브가 필요했다. 그래서 '5*7' 사이즈 크기의 크루즈선 사진을 조그만 탁상용 액자에다 넣어서 모든 회원 가정에다 나누어 주었다. 나는 이 사진 액자를 직장의 사무실에도 비치를 했다.

꿈은 최초에는 마음속에 생각으로 자리 잡는다. 그것을 말하는 순간 그것은 하나의 공약이 된다. 자신과의 약속이며 그 꿈을 듣는 다른 사람에 대한 공약이 되는 것이다. 그리고 그 공약을 이루기 위해서 크고 작은 노력을 경주하게 된다.

회원의 각자 가정 거실 탁자에 놓인 크루즈선 사진 액자!

우선은 가족이 묻는다.

"엄마! 저기 배 사진이 뭐예요?"

"응, 엄마가 함께 하는 모임에서 7년 뒤에 크루즈여행을 가기로 했단다."

"예? 7년 뒤에요?"

그 뒤에는 우리가 그 꿈을 꾸게 된 스토리와 여행을 위한 적금을 적립하고 있다는 설명을 곁들이게 된다. 꿈이 공적으로 세상과 만나는 순간인 것이다.

이런 질문과 설명은 집을 방문하는 다른 친지나 친구들에게도 마찬가지로 이어졌다. 이러한 반복되는 대화를 통해서 회원들의 마음속에는 애초에 겨자씨처럼 조그맣게 심어졌던 꿈이 조금씩 커 나가는 것을 느끼게 되었다. 집에서 청소를 하다가도, 설거지를 하다가도 눈앞에서 크루즈선 사진을 보면, 잠시 힘든 일상을 잊고 7년 뒤, 5년 뒤, 3년 뒤 ..... 이렇게 점점 다가오는 날을 손꼽아 기다렸다.

직장의 사무실에도 크루즈선 액자를 비치해 놓았기 때문에 사무실을 방문하는 거래처 손님이나, 동료, 부하 직원들도 질문을 던지고, 나는 대답을 했다. 7년 뒤 크루즈여행에 관한 꿈 이야기를!

이렇게 세상에 알려진 꿈의 영향력은 우리 회원 모두에게 뿐만 아니라 그것을 접하게 된 모든 사람들에게도 행복과 긍정의 바이러스를 전파했다. 하루하루 키워 온 꿈나무가 7년이라는 기간이 되어 마침내 열매를 맺었을 때의 감동과 감격은 이루 말로 표현할 수가 없다.

우리 회원뿐만 아니라 함께 살아온 가족들도 이 모든 과정과 노력을 지켜보았다. "우리도 나중에 나이 들면, 아빠, 엄마처럼 멋진 크루즈여행을 목표로 장기 계획을 세워서 가야지!"하고 다짐을 하는 자녀들 앞에서 우리 회원들은 얼마나 큰 자부심을 가지게 되었던가.

어른들도 꿈이 있고, 하고 싶은 일이 있고, 먹고 싶은 음식이 있고, 입고 싶은 옷이 입고, 배우고 싶은 취미가 있고, 가고 싶은 여행지가 있다. '너희들 키우느라고 희생만 했다'는 푸념 대신에 '멋진 꿈 이야기'를 아들, 딸의 눈앞에 보여 준 것이다. 그것은 재산을 상속해준 것보다 더 귀중한 '꿈'의 역사를 공유한 것이다.

직장에서도 나는 회의를 주재하면서 직원들에게 '꿈을 가지라'고 늘 강조했다.

꿈의 메시지가 담긴 시를 함께 읽기도 했다. 일주일이나 한 달의 꿈(단기간의 경우에는 꿈이라기 보다는 '계획'이라고 부르는 것이 더 적합하기도 했다), 1년의 꿈, 3년의 꿈, 5년의 꿈, 10년의 꿈.

사람들은 10년이면 엄청난 꿈을 이룰 수 있다는 것은 미처 헤아리지 못하고 한해에 이루는 꿈은 크게 잡고, 새해 첫날 해돋이를 보러 동해 정동진에도 가고 마음을 다지지만, 작심삼일로 끝나는 경험을 해마다 반복할 때가 많다.

물론 크루즈 여행을 모두다 7년씩 준비할 필요는 없다. 그것은 우리 모임의 회원들의 여러 가지 사정을 고려해서 토의하고 도출한 결과일 뿐이다. 중요한 것은 꿈을 꾸어야 하고, 그 꿈을 세상에 알리고, 그 꿈을 향해서 한 발자국씩 다가가는 데 있다. 속도 보다는 방향이 더 중요하다.

작년에 평생직장이었던 외환은행을 정년퇴직했다. 나와 함께 근무했거나 업무상 알고 지내던 거래업체의 지인들과 간혹 만나면, 먼저 그들이 나에게 묻는다.

"지점장님, 그때 꿈꾸던 크루즈여행은 다녀오셨습니까?"

너무나도 멋지고 보람차고 행복한 크루즈여행을 다녀왔다고 대답할 수 있어서 한없이 기쁘고 행복하다. 이 책은 그분들에게 주는 나의 대답이기도 하다. 이 책을 읽고 여러분들도 멋진 크루즈여행을 다녀오시라는 대답이며 초대이기도 하다.

회원들의 가정에서 꿈을 키워준 크루즈선 사진 액자

9 사물놀이 장단에
희망을 싣고

『당신을 본 사람들은 얼마나 행복하며, 당신과 사랑으로 맺어진 사람들은
얼마나 행복합니까?』

– 집회서 48:11 –

크루즈 여행의 꿈을 실은 연을 날리기 시작한 우리는 7년 뒤 크루즈선
에 탔을 때 '우리가 할 수 있는 멋진 이벤트가 무엇일까?'하고 고민을 해
보았다. 서구인들이 많이 타는 크루즈선에서 한국적인 것을 선보이면 좋
겠다는 생각을 하게 되었고 크루즈선에서 사물놀이 공연을 하면 한국의
문화도 알리고 멋진 추억이 될 수 있겠다 싶었다.

2007년 4월부터 서울 강남구 테헤란로 선릉역 사거리에 자리한 한국
전통음악원 '가얏고을'에서 사물놀이 공부를 시작하였다. 크루즈여행에
대해서 ABC도 모른 채 꿈을 꾸기 시작했듯이, 사물놀이도 전혀 사전 지
식이 없는 상태에서 순수함과 열정만 가지고 일단 시작을 했다.

일주일에 한 번씩 저녁 시간에 14명의 회원이 모여 두 시간씩 수업을
받았다. 서양악기와 국악기를 통틀어서 악기를 정식으로 배우는 것이 처
음인 회원이 대부분이었다. 사물놀이는 꽹과리, 장구, 북, 징의 네 가지
로 이루어지는 연주라는 정도만 알았는데 사물놀이 학습의 기본은 장구

라는 것을 처음 알게 되었다. 사물놀이에서 사용되는 여러 가지 장단을 일단 장구를 통해서 배우고 그 다음에 꽹과리, 북, 징을 배워서 합주를 하게 되는 것이 사물놀이를 익히는 과정이었다. 사물놀이 공연을 볼 때 꽹과리, 북, 징을 치는 연주자는 일단 장구를 기본적으로 연주하는 실력을 갖춘 것으로 보면 된다.

시간이 흐르면서 휘모리, 자진모리, 삼채, 연결채, 매도진, 오방진 등 여러 장단을 익히게 되었다. 모든 음악 연주는 남이 하는 것은 쉽게 보여도 정작 본인이 시작하고 보면 쉬운 것이 없다는 것을 그때 알게 되었다. 특히 청중 앞에서 연주하는 것이 얼마나 힘든 것 인줄을 알게 된 것이 사물놀이 공부를 통해서 얻은 교훈이었다. 6개월 지나서부터는 학원 내에서 초등학생의 학예발표회 처럼 한 달에 한 번씩 국악기 종류별 학습반별로 발표회를 가지는 과정을 가졌다. 발표를 통해서 실력이 조금씩 향상되는 것을 실감하게 되었다. 1년 정도의 시간이 지난 뒤에는 선생님의 지도로 성당이나 노인대학의 행사에 출연하는 경험도 가지게 되었다. '가시버시 사물놀이팀'이라는 이름도 지었다.

2년 동안 총 100회의 수업을 마치고 1단계 졸업을 하였다. 세월이 흐르면서 일부회원들이 서울에서 성남, 광주 등 서울 교외로 이사를 가게 되면서 수업을 계속 하기가 어려워졌다. 크루즈여행에 관한 정보를 수집하면서 알게 된 사실은 크루즈선에서 우리 마음대로 사물놀이 공연을 할 수 없다는 것과 현실적으로 장구 등 악기를 함께 소지하고 이동하기가 어렵다는 것이었다. 7년 프로젝트로 세운 크루즈여행의 준비과정에서 희망과 의욕을 가지고 시작한 사물놀이 학습은 결국 7년 뒤 크루즈선 상에서의 사물놀이 공연은 하지 못했다.

그러나 우리 회원들은 사물놀이 학습이 실패한 프로젝트라고 생각하지 않는다. 이것 저것 재지 않고, 어린이와 같은 순수함과 배움에 대한 열정을 쏟아 부은 시간을 공유했다는 자체가 행복했다. 신명나는 가락에

맞추어 사물놀이를 연주할 때는 우리의 몸도 기운도 '얼쑤'하는 추임새
와 함께 새처럼 하늘을 나는 기분을 느꼈다. 나이 들어서 하는 악기 연습
을 통해서 '배움'의 기쁨을 알게 되었고 무엇보다 회원 간의 우정이 깊어
졌다. 사물놀이 한 팀만 있어도 축구장 전체를 압도할 정도의 응원을 할
수 있을 정도로 사물놀이는 소리와 울림이 크다. 그래서 사물놀이 연습
은 반드시 방음 시설이 된 곳에서 해야 하는 것도 사물놀이 학습을 계속
하기가 어려웠던 이유 중의 하나인데, 어느덧 10여년의 세월이 흐른 지
금 사물놀이 연주기법은 대부분 잊어버린 상태이지만 즐거웠던 추억만
은 늘 함께 마음에 남아 있다. 열정으로 몰입된 시간을 가지고 있었다는
것은 개인이건 단체건 그것은 자산으로 역사에 기록되어진다.

10 타이타닉호 유물 전시회

『사랑은 단 한번 우리에게 다가오지만, 그것은 평생 동안 함께 할 거예요.
(Love can touch us one time and last for a lifetime).』

— 영화 타이타닉 주제가 'My heart will go on'중에서 —

'7년 후 크루즈여행'이라는 거대한 프로젝트를 출범시킨 우리는 기금만 적립한 것은 아니었다. 크루즈여행에 관한 여러 가지 자료를 수집하였고, 회원들 간의 친목을 도모하기 위한 모임을 정기적으로 또는 번개팅 형식으로 자주 가졌다.

2005년 12월에 서울 서초구 양재동 at센터에서 전시된 타이타닉호 유물 전시회 관람도 그런 노력중의 하나로 이루어졌다.

타이타닉호는 당시 세계 최대의 여객선으로 건조되어 영국에서 미국으로 첫 출항하던 항로에서 1912년 4월 10일 북대서양 한복판에서 거대한 빙산과 충돌하여, 침몰하는 비극을 맞았다. 승객 2,206명중 생존자는 711명에 불과했다. 수십 년간의 수색 끝에 1985년 해저 3,773미터 지점에서 발견, 인양되어 수장됐던 유물 6천여 점이 모습을 드러냈다.

at센터 전시회에는 '떠다니는 궁전'이라 불리어졌던 타이타닉호의 선실과 라운지, 고급식당, 도서관, 수영장, 체육관 등이 재현되어 설치되고 가구, 편지, 구두 등 유품 3천여 점이 전시되었다. 빛바랜 사진, 유품 하나하나 마다 우리가 미처 알 수 없는 사연과 역사가 묻어 있었다.

엄밀하게는 타이타닉호는 지금의 크루즈유람선이라기 보다는 영국과 미국을 오가는 고급 여객선으로 건조되었는데, 길이 269m, 높이 53m, 폭 28m, 무게 4만6천3백 톤으로 최고 속도 23노트(시속 43km)였으니 100년 전에 그러한 규모는 대단한 것이다.

타이타닉호가 인양된 이후 인양된 유물자료를 연구한 영화감독 제임스 카메룬이 약22억 달러에 달하는 사상 최대의 제작비를 투입하여, 1997년 레오나르도 디카프리오, 케이트 윈슬렛 주연으로 영화를 만들어 대히트를 기록하기도 했다.

타이타닉호 침몰은 비극이었지만, 그로 인해 해난사고를 예방하고 재난 발생시 구조, 선체 건조시 안전 등 여러 가지 해상안전 조치가 국제적으로 취해진 것은 그나마 다행한 일이었다. 영화에서도 주인공의 아름다운 사랑 이야기 외에도 선장과 선원들이 여성, 노약자, 어린이들을 먼저 구하고 선장을 비롯한 승무원 대부분이 배와 함께 운명을 같이 한 것은 100년이 지나 발생한 세월호 사건과 대비가 된다. 그리고 탈출의 아수라장 속에서도 8명의 오케스트라가 연주를 통해 승객들이 질서를 유지하도록 한 장면은 감동이었다.

영화 속에서 남녀 주인공이 만남의 장소로 약속했던, 타이타닉호 중앙 계단 라운지 등이 유품 전시회에 그대로 재현이 되어 있었는데 현재의 크루즈선도 대부

타이타닉호 선내 라운지 중앙계단

사랑과 감동의 타이타닉 - 서울 展

TITANIC
EOUL

2005년 12월 서울 양재동 at센터. 타이타닉호 유물전시회에서

분 중앙 계단 라운지는 유사한 형태로 제작되어 있다. 우리 일행도 실제 크루즈 여행 시에 파티를 마치고 중앙 계단 라운지에서 단체 촬영을 했다.

대부분의 베이비부머들에게 크루즈여행은 자주 갈 수 있는 여행은 아니고, 어떤 분들에게는 처음이자 마지막일 수도 있다. 그러나 타이타닉 주제가 가사처럼 한 번의 여행이라도 '그것은 평생 가는 추억'이 될 것이다.

11 1박2일 **여행**

『피서지의 바닷가
밤하늘을 보며

세상에 그냥 얻어지는 즐거움이란
없다는 걸 알았다』
– 유하, 시 '피서지에서 생긴 일'중에서 –

'1박2일' 프로그램은 KBS 2TV의 인기프로그램이다. 강호동 등 인기 연예인이 전국 각지를 돌면서 1박2일간 게임, 모험, 민생고 해결 등 여러 가지 이벤트를 벌이는 내용인데, 1박2일 프로그램 촬영지로 소개된 지역은 관광명소가 되기도 했다.

크루즈여행을 준비하면서, 모임이름도 한국 최고의 여행자클럽이 되자는 의미에서 'M.E.크루즈모임'에서 'K-ONE 크루즈모임'으로 새로 정한 우리 팀은 여행을 준비하는 과정 자체를 즐기면서 행복을 나누었다. 모임의 결성 자체가 제주도 2박3일 여행에서 잉태한 우리 팀은 매년 한 번 이상 1박2일 여행을 다녀왔다.

옛날 시골에서는 명절이나 제사 때에 친지가 모이면 자고 가는 경우가 다반사인데, 서울로 대표되는 도시의 문화는 명절, 제사라도 대부분 잠은 자기 집으로 가서 잔다. 조금의 불편이 친척간의 정보다 우선하는 시대가 되었다.

안락한 침대와 베개, 언제든지 샤워를 할 수 있는 화장실 등을 두고 밖에서 자는 것은 당연히 불편하다. 도시 생활의 안락함에 이미 익숙해져 버린 탓에 밖에서 잠을 자면 제대로 잠을 편히 못 잔다고 호소하는 사람들이 많다. 잠자리가 바뀌면 뒤척거리고 깊은 잠을 못자는 것은 지극히 정상적인 현상이다. 본인만 예민해서 그런 것이 아니라 정도의 차이일 뿐 모두 그렇게 반응을 한다.

그런 불편함에도 불구하고, 1박2일 여행이 주는 긍정적 효과는 크다. 단체의 구성원으로서 식사를 준비하거나 여러 가지 자질구레한 뒤처리를 하는 과정에서 협력과 희생, 봉사가 뒤따르게 된다. 코를 골거나 잠꼬대를 하는 등 불편한 잠자리 속에서 함께 보낸 시간을 통해 비로소 그 단체의 구성원들은 '한 식구'라는 연대감과 소속감을 강하게 느끼게 되는 것이다.

또한 1박2일 여행은 카톡이나 밴드 등 디지털 도구를 이용한 단체 회원 간 소통을 강화시켜 준다. 명소를 방문하거나 멋진 풍경, 스마트폰으로 찍은 사진을 서로 주고 받으며 행복의 미소를 나눈다. 우리 팀의 회원 중에 사진전문가가 있어서 1박2일 여행이 끝나면, 멋진 슬라이드 쇼로 만들어 이메일로 회원 앞 공유를 한다. 한 해 한 해 쌓여가는 파일들은 우리 회원들의 추억 창고에 저장되어 우리 모임의 역사가 되었다.

7년간의 준비과정 중에 다녀온 우리 회원들의 수차례 1박2일 여행 중에서 가장 기억에 남는 것은 2011년 봄에 다녀온 부산 ONE-NIGHT CRUISE 체험 여행이었다. 부산 ↔ 오사카 간 정기여객선인 팬스타호(2만5천 톤)가 주말에는 부산항을 일주하는 코스를 운행하는 프로그램이었다. 물론 정통 크루즈선은 아니었지만, 크루즈여행을 1년 6개월 정도 앞두고, KTX를 타고 부산으로 가서 보낸 1박2일 일정이었다. 지금은 많이 알려졌지만, 이기대공원에서 해안산책로를 따라 소나무 숲길을 두 시간 정도 걸어가면 부산의 대표적 명물 오륙도와 만나게 된다. 제주도 올레길 못지 않은 아름다운 코스이다. 오후 5시쯤 부산국제여객터미널에서 배를 타고 부산의 서쪽 다대포 바다로 가서 석양의 아름다움을 즐기고, 태종대를 거쳐 해운대로 와서 야경이 멋진 광안대교 앞에서 배는 하룻밤을 머문 뒤, 다음날 새벽에 해운대에서 일출을 보게 된다. 둘째 날 하선한 뒤에는 태종대 일주와 용두산공원, 그리고 국제시장, 자갈치시장 등 부산의 역사가 담긴 곳을 방문했는데 우리나라 최고 최대의 항구, 부산의 절경과 함께 크루즈선상의 체험을 미리 맛보는 등 크루즈여행의 기대를 회원들에게 듬뿍 안겨 주었다.

크루즈여행을 준비하는 베이비부머들도 단체를 구성하게 되면, 1박2일 여행을 통해서 친목 도모와 함께 정을 나누기를 권한다. 그래서 친해지면 크루즈여행에서 훨씬 더 재미있고 원활한 진행을 할 수 있게 된다.

12 크루즈여행을 가기 위한
두 가지 채널

『일부러 걸어 나가 내일을 맞이하십시오. 내일을 위해 만반의 준비를 하십시오.
내일을 마치 친한 친구인 양 환영하며 맞이하십시오.』

– 성바오로 출판사 '그대가 성장하는 길'중에서 –

크루즈여행은 항구에서 배에 승선하면서 시작된다. 배를 타기 까지,
두 가지 채널이 있다. 첫 번째 채널은 크루즈전문 여행사와 계약을 하는
방식이고, 두 번째 채널은 크루즈선사와 직접 계약을 하는 것이다.

A. 크루즈전문 여행사를 통하는 방법

크루즈전문 여행사 혹은 한진관광, 롯데관광, 하나투어 등 크루즈사업
부를 별도로 운영하는 대형 여행사를 통하여 여행 계약을 체결하는 방법
이다. 크루즈선이 출발하는 항구(예를 들면, 지중해의 베네치아나 미국
의 마이애미항)까지의 항공권, 크루즈선이 하선하는 최종 기항지에서 한
국으로 귀국하는 항공권, 일정상 출발과 귀국시에 필요할 수도 있는 호
텔 숙박과 호텔에서 항구까지의 이동에 따른 예약, 크루즈 선사와의 선

실 예약 등 일체의 업무를 대행해준다. 일정 인원(통상 12명 내외) 이상
인 경우에는 국내에서 크루즈 전문 가이드가 인솔자로 동행하기도 한다.
인솔자가 동반하는 단체의 경우에는 일반적으로 기항지 관광 요금 등이
포함된 계약을 체결하게 된다.

B. 크루즈 선사와 직접 계약을 체결하는 방법

크루즈 선사 혹은 크루즈 선사의 국내 대리점을 통하여 계약을 체결하
는 방법이다. 크루즈 선사에서 제시하는 일정표와 요금을 보고 본인이
직접 선택을 한다. 크루즈 선이 출발하는 항구까지의 항공권, 마지막 항
구에서 하선 후 귀국하는 항공권, 호텔 등 필요한 예약도 본인이 직접 하
는 방법이다. 기항지 관광도 크루즈 선사의 프로그램을 이용하거나 본인
이 자유 여행으로 정해야 한다.

영어 등 외국어 소통이 가능하고, 방문 대상지의 기항지 관광을 자유
롭게 소화할 수 있는 여행자들은 B채널을 통한 방법으로 최대한 유리한
시기와 가격으로 크루즈 여행을 떠날 수도 있다.

크루즈 여행을 처음 가거나 단체로 구성이 가능한 베이비부머들에게
는 A 채널을 권하고 싶다. 일체의 예약이나 수속을 여행사가 대행하고,
동반하는 크루즈 전문 가이드가 함께 여행을 하면서 안내를 하기 때문
에, 여행자들은 기항지 관광과 선상 생활을 즐기는 데에만 신경을 쓰면
된다.

크루즈 선사의 여행 상품이 출발일 즈음해서 취소 등으로 인해 대폭
할인된 가격으로 판매되는 수가 있다. 이러한 티켓은 언제든지 여행을
떠날 수 있는 일정이 자유로운 사람들은 가능하다. 크루즈선 티켓을 저
렴하게 구입할 수 있어도 그 일정이 항공 성수기이면 비행기 티켓은 비

싸진다. 2~3년 이상 크루즈 여행을 목적으로 준비해온 단체 팀의 경우에는 이러한 할인 티켓을 구입하기는 일정상 쉽지 않다. 같은 비행기를 타고 미리 정해놓은 D-day에 출발을 함께 해야 하기 때문이다. 그래서 단체 팀의 경우에는 크루즈선 티켓이든 항공권 티켓이든 조기에 단체 예약을 통한 할인을 받는 것이 유리하다고 볼 수 있다.

오랫동안 준비를 하고, 사전 계약을 통해 D-day를 정해 놓고 기다려온 경우에도 막상 출발일이 다가오면, 예기치 못한 일들이 생기기도 하고, 부재시 공백을 메꾸어야 할 여러 가지 일들이 눈앞에 나타난다. 열흘 이상 여행을 떠나는 것이 얼마나 큰 축복이고 감사한 일인지를 비행기가 이륙했을 때 실감하게 된다.

크루즈선을 타기까지의 두 가지 채널 중 최종적으로 어느 것을 선택할지는 각자가 처한 업무상 및 개인적 환경, 크루즈 여행에 대한 목적(단체 친목 여행, 신혼여행, 가족여행 등), 크루즈여행 경험, 경제적 여건, 여행 동반자들의 수와 특성 등을 고려하여 결정해야 한다.

바다의 선물! 크루즈여행 길라잡이

13 크루즈여행 코스 정하기

> 『근심에 가득 차 가던 길 멈춰 서서
> 잠시 주위를 바라볼 틈도 없다면 얼마나 슬픈 인생인가?』
> – 윌리엄 헨리 데이비스, 시 '가던 길 멈춰 서서' 중에서 –

크루즈여행 출발 3년을 앞두고부터는 본격적으로 여행 코스를 정하는 검토를 시작했다. '지중해'라는 지역만 정하고 기금을 적립해왔는데, 지중해라고 해도 코스가 매우 다양하다. 크게는 동지중해는 아드리아해와 접하면서 발칸반도를 마주하고 있고, 서지중해는 스페인과 마주하고 있다. 이탈리아를 중심으로 남동쪽으로 내려가면 그리스, 터키가 있고, 남서쪽으로는 아프리카 북쪽과 이어진다.

로얄 캐리비안과 프린세스 크루즈선사의 지중해 크루즈 코스를 중심으로 몇 가지를 뽑아서 1차적으로 회원들끼리 먼저 검토와 의견을 나누었다. 여행 일정은 2주간 정도 내외를 잡기로 했다. 그 다음에는 여행사와 접촉을 시작했는데, 가장 적극적인 반응을 보낸 크루즈전문 여행사로부터 지중해 코스에 관한 프레젠테이션을 받았다.

여행사와 계속적으로 의견을 나누면서, 조율을 하는 시간이 흘렀고, 출발 15개월을 앞두고 한국에는 처음 소개되는 아드리아해 & 지중해 코

스를 소개받았다. 크루즈선 건조 후 2011. 7월에 처
녀운항을 시작한 프리미엄급 셀레브리티 실루엣호
(12만2천톤)를 타는 코스였다.

아드리아해 & 지중해 크루즈 14박 15일

출발일 2012. 8. 9 귀국일 2012. 8. 23
승선일 2012. 8. 10 베네치아항
1일차 베네치아, 비첸차 (이탈리아)
2일차 베네치아 (이탈리아)
3일차 코페르, 블레드, 류블랴나 (슬로베니아)
4일차 라벤나 (이탈리아), 산마리노 공화국
5일차 스플리트 (크로아티아)
6일차 두브로브니크, 차브탓 (크로아티아)
7일차 바리, 마테라 (이탈리아)
8일차 코토르 (몬테네그로)
9일차 전일항해
10일차 발레타, 임디나 (몰타)
11일차 시칠리아 (이탈리아)
12일차 나폴리, 소렌토, 카프리 (이탈리아)
13일차 로마, 바티칸 (이탈리아)
총 14박 15일 크루즈 숙박 기준 12박 13일의 코스

평생에 단 한번이라도 크루즈 여행을 경험하기 바란다.
'바다를 한 번 본 사람은 호수가 아무리 커도
바다라고 부르지 않는다!'는 광고 카피가 생각난다.
크루즈여행은 바다라면 다른 여행은 호수라고 보면 된다.
그만큼 특별한 추억을 선사한다.

14 크루즈 선실 정하기

『그대, 그 자리에 머물지 말렴
 길이 끝나는 곳에서 길은 다시 시작되고
 그 길 위로 희망의 별 오를 테니』
                        — 백창우, 시'길이 끝나는 곳에서 길은 다시 시작되고' 중에서 —

크루즈 여행 코스를 결정하고 나면 다음으로 스테이트룸(통상 '캐빈'이라 부르기도 함), 즉 선실의 종류를 선택해야 한다. 선실의 타입은 스위트룸을 제외하면 일반적으로 발코니룸, 오션뷰룸, 인사이드룸으로 나누어 진다.

발코니룸(Balcony Cabin)은 바닷가 창 쪽에 위치한 룸으로 발코니에 작은 테이블과 의자가 놓여 있어서 운항 중에 바다를 감상하거나 바깥 공기를 쐴 수가 있다.

오션뷰룸(Outside Cabin with Ocean View)은 둥근 유리창 문으로 바다를 감상할 수는 있지만 문을 열수는 없는 룸이다.

인사이드룸(Inside Cabin)은 말 그대로 복도 내측에 자리한 룸이다.

선사에 따라 차이가 있지만, 인사이드룸과 발코니룸은 50만 원~100만 원 정도의 가격 차이가 있다고 보면 된다. 오션뷰룸은 그 중간이다.

발코니룸 선실(자료제공 : 로얄캐리비안 크루즈 한국사무소)

우리가 승선하기로 한 셀레브리티 실루엣호는 총 1,433개의 객실 중 85%가 발코니룸(스위트, 발코니, 장애인용 포함)으로 구성되어 있었다. 최근의 크루즈선 건조 경향은 내부의 공유 시설을 확장하고, 바닷가 쪽으로 난 발코니룸을 최대한 많이 만들고 있다. 크루즈 여객들의 선호도 그렇고 선사의 수익 면에서도 발코니룸이 낫기 때문이다.

가격 차이가 있긴 하지만, 크루즈선을 처음 타보는 여행자들에게는 가급적 발코니룸을 적극 권장하고 싶다. 최근에 TV 대담 프로그램을 보던 중에 크루즈여행을 다녀온 부부가 있었는데, 자세한 내용을 모르고 남편이 계약한 크루즈여행을 출발했는데, 배를 탄 뒤에 인사이드 객실에 있다가 나중에야 바닷가 창 쪽으로 난 발코니룸이 있다는 것을 알고서, 일정 내내 부부 싸움을 하다가 내렸다는 일화를 실토하는 것을 보았다.

크루즈여행을 경험하고 2차, 3차로 갈 경우에는 모르겠지만, 우선 인사이드 객실은 답답하다. 크루즈여행의 큰 즐거움이자 장점은 아침에 일어나, 수평선 위로 떠오르는 태양을 바라보거나, 아름다운 일몰을 감상하는 것이다. 그리고 밤이면 밤하늘의 별을 볼 수도 있고, 발코니 안락의자에 앉아 커피 한잔을 하거나 독서 삼매경에 빠질 수도 있다. 우리 팀은 여름에 지중해를 갔는데, 발코니에 간단한 빨래를 널어놓으면 밤새 완벽하게 건조되어 있었다.

처음 크루즈여행을 준비할 때 물론 50~100만원의 차이가 크지만, 발코니룸에서 향유하는 여유와 편리함, 추억을 생각하면 기왕이면 발코니룸을 선택할 것을 추천한다.

오션뷰룸 선실

인사이드룸 선실

15 크루즈여행 **계약 체결**

> 『청춘이란 인생의 어느 기간을 말하는 것이 아니라 마음의 상태를 말하는 것이
> 다. 세월을 거듭하는 것만으로 사람은 늙지 않는다. 이상을 잃을 때 비로소 늙
> 게 된다.』
> 　　　　　　　　　　　　　　　　　　　 – 사무엘 울만, ' 청춘' 중에서 –

　크루즈여행 코스와 일정이 확정되면 여행사와 계약을 체결하게 된다.
크루즈 선사(혹은 한국 내 지사나 대리점)와 직접 계약을 체결하든 크루
즈전문여행사와 계약을 체결하든 계약 내용은 사전에 서로 꼼꼼히 살펴
보고 체결해야 한다. 크루즈여행은 사전 계약 할인 제도가 있기 때문에
일반적으로 출발 전 6개월 ~ 18개월 이전부터 가능하지만 통상 6개월 ~
1년 전에 계약을 체결하는 경우가 많다. 계약서에 실리는 주요 내용은 여
행상품명, 여행기간, 이용선박, 요금 내역(선실 종류를 명확히 해야 한
다), 단체 관광의 경우 여행신청 인원, 확정 요금과 요금에 포함되는 사항
과 제외되는 사항을 구체적으로 기재한다. 인솔자 동행 여부 등도 필수사
항이다. 또한 계약금과 중도금, 잔금의 지급 일자를 적어야 한다. 잔금은
통상 출발 3개월 ~ 1개월 전에 납입해야 한다. 계약일자와 출발일자간의
차이가 장기간일 경우에는 환율의 변동에 대비한 조항도 넣는 것이 좋다.
　계약시에 또한 중요하게 약정해야 할 사항이 취소료 규정이다. 크루즈

선사에 따라 다르지만, 통상 계약 취소 시 남아있는 날짜별로 취소료율을 달리 적용한다. 크루즈 여행은 오랜 기간 준비를 하게 되지만, 직장이나 사업, 건강 혹은 기타 부득이한 사유로 여행의 취소가 불가피한 경우가 발생할 수도 있다. 이 때 취소료 규정을 정확히 하지 않으면 불미스런 일이 생기거나 단체 회원 간 불화가 생길 수도 있다. 단체로 여행을 준비한 경우에는 특히 회원들 앞으로 최종 계약을 체결하기 이전에 이런 취소료 규정에 대해 상세히 설명해줄 필요가 있다.

크루즈선사나 항공사와 단체 할인을 받은 경우에는 일정 인원이하가 되면, 단체 할인 대상이 되지 않는 등 복잡한 경우가 생기기도 한다. 여행사에서는 단체 여행의 경우 최소 출발인원을 정해 놓는 경우도 있어서 여행 자체가 무산될 수도 있다. 최소 출발 인원이 부족할 경우에는 급하게 다른 사람을 채워 넣어야 할 때도 생긴다. 그래서 단체 여행을 준비할 경우 특히 단독으로 단체 여행을 준비할 경우에는 최소 출발인원보다(통상 12명) 여유 있게 팀을 구성하는 것이 좋다.

단체 패키지 크루즈 여행의 크루즈여행 경비 포함, 불포함 내역

크루즈선사나 여행사의 홈페이지를 통해서 크루즈여행 코스와 가격을 조회할 경우에 눈에 들어오는 첫 번째 제시가격은 대개 기항지관광, 선내 팁, 가이드비용이 포함되지 않고 선실도 인사이드 객실을 기준으로 한 가격을 제시하는 경우가 많다. 고객의 관심을 끌기 위해서는 우선 낮은 가격부터 제시하는 것이 좋기 때문이다. 그래서 최종적으로 계약을 체결할 때는 계약에 포함되는 내역과 포함되지 않는 내역을 명확하게 하고, 여러 가지 코스를 비교할 때에도 포함, 불포함 내역을 감안하여 가격의 높낮이를 비교해야 한다.

●● 크루즈 선사 관련 가격에 포함되는 내역

* 크루즈선실(숙박)요금
* 선상 내 식사 일체(조식, 중식 뷔페식당, 정찬 석식, 티타임 및 간식 등.
  단, 별도 예약으로 이용하는 스페셜티 레스토랑은 제외)
* 음료수 (주류 및 병마개를 따는 음료수는 제외)
* 선내 각종 공연(쇼, 뮤지컬, 연주회, 영화 등)
* 선장 주최 환영 파티, 갈라 디너 등
* 선내 각종 프로그램 참가(미술 전시 등/ 선사에 따라 일부 프로그램은 유료)
* 선내 각종 시설 이용(수영장, 피트니스센터, 도서관, 탁구장, 카드룸 등.
  사우나는 선사에 따라 상이함)

●● 크루즈여행 단체 패키지 가격에 포함되는 내역
(개인 자유 여행의 경우 본인이 부담)

* 왕복항공료(이코노미석 기준)
* 호텔숙박료, 공항–호텔–항구간 이동 교통요금
* 전 일정 식사(육상에서의 식사)
* 여행자 보험료, 동반 인솔가이드 비용

● ● 크루즈여행에 포함되지 않는 내역

* 기항지 관광
* 선내 팁 (하루 평균 13.5 ~ 15달러 수준), 기항지 관광 팁
* 스파, 마사지, 미용실 이용
* 전화, 인터넷, 카지노, 세탁, 드라이크리닝, 쇼핑몰, 사진관
* 병원 치료비
☞ 단체 계약의 경우 기항지 관광과 팁 일체를 포함한 가격으로
  계약을 체결할 수도 있음

● ● 크루즈여행 예약 취소시 취소료 예시(선사에 따라 상이함)

* 출발 60일전   : 없음
* 출발 59 ~ 43일전   : 여행 계약금 전액
* 출발 42 ~ 15일전   : 전체 요금의 50%
* 출발 14 ~ 8일전   : 전체 요금의 75%
* 출발 7일전~ 출발일 : 전체 요금의 100%

16 기항지 연구와 남대문 시장 투어

출발 일자가 다가오면서 회원들의 마음은 '아, 7년간 기다려온 크루즈 여행이 이제 정말 가는구나!'하는 설렘으로 가득 찼다. 출발 3개월 전 준비모임에서는 회원들에게 숙제와 준비를 함께 하는 즐거움을 나누었다.

기항지 관광을 여행사와 함께 기획

우리 팀은 단체 단독 패키지로 여행을 가기 때문에 기항지 관광여행은 여행사가 제시한 초안을 기준으로 회원들의 의견을 물어서 여행사에다 일부 내용을 반영해 줄 것을 요청했고 여행사는 반영을 해주었다.

회원들의 기항지 스터디

우리가 방문하게 될 도시 중 13개를 선정해서 도시별로 회원부부가 제비를 뽑았다.

> * 베네치아, 코페르(슬로베니아), 산마리노, 스플리트(크로아티아), 두브로브니크(크로아티아), 바리(이탈리아), 몬테네그로, 몰타, 시칠리아, 나폴리, 소렌토, 카프리, 로마

그 도시의 명소와 유적, 역사 등을 공부해서 기항지 관광을 할 때 버스에서 10여분간 그 도시를 맡은 부부가 가이드처럼 설명을 하도록 했다. 아울러 그 도시(나라)에서 사용하는 인사말 중 영어의 'Thank you'와 'Good morning'에 해당하는 말을 소개하게 했다.

나중에 크루즈여행을 갔을 때 회원 모두가 진지하고 성실하게 숙제를 해 온 것을 보고 한편으로는 감사했고 가이드도 우리의 이러한 준비에 놀라워했다. 유홍준 교수의 말대로 유적이나 문화는 '아는 것만큼 보인다'고 미리 연구하고 간 유적이나 명소를 방문할 때는 새삼 반갑기도 하고 더욱 더 자세히 보게 되었다.

남대문 시장 투어

크루즈여행의 준비물 중에 의복은 중요한 항목 중의 하나이다. 파티에서 착용할 남자들의 나비넥타이, 여성들의 드레스 등 의류, 각종 액세서리 등을 구입하기 위하여 여성 회원들이 날을 잡아서 남대문 시장 투어를 하였다. 남대문 시장에는 가격 대비 품질이 좋은 온갖 종류의 의류와

액세서리를 구입할 수가 있다.

 시장을 여기저기 둘러보고 쇼핑을 마치고는 시장 내 먹자골목에서 식사를 함께 하는 것도 크루즈여행으로 말미암아 파생한 또 하나의 여행이자 즐거움이었다.

 이번 크루즈여행의 장기간에 걸친 준비과정을 통하여 50대 후반에서 60대의 연령대인 우리 회원들은 인생의 지혜를 깨달았다. 여행도 그렇고 인생도 어떤 목적을 달성하는 것도 중요하지만, 그 목적에 도달하는 과정 또한 우리의 소중한 시간이며 인생이기에 과정을 통해서 행복을 느끼는 경험을 함께 향유한 것은 우리 팀 회원 모두에게 큰 보람이자 축복이었다.

17 출항전 최종 준비 모임 & 준비물 리스트

『해마다 봄이 되면
　어린 시절 그분의 말씀
　항상 봄처럼 꿈을 지녀라 봄은 피어나는 가슴
　지금 내가 어린 벗에게 다시 하는 말이
　항상 봄처럼 꿈을 가져라』

― 조병화, 시'해마다 봄이 되면'중에서 ―

출발 1개월 전에 최종 준비 모임을 가졌다. 여행사에서 우리와 함께 동반 인솔할 크루즈 전문 가이드와 직원이 함께 왔다.

여행 일정에 대한 설명에서부터 출발 당일의 공항 내 집합 장소와 준비물 체크 사항 등에 대한 설명과 Q&A가 있었다.

회원들 앞 배포한 '크루즈여행 준비물(최종)' 리스트는 다음과 같다.

• 신분증 : 여권, 여권사본 1부(별도로 가방에 분리 보관)

  * 여권을 핸드폰 사진에 저장해 놓으면 편리

• Money : 신용카드(거의 모든 기항지에서 사용

        가능)

  * 가급적 VISA, MASTER카드로 준비하되 해

    외사용 가능한도를 사전에 check 요망

  – 크루즈선상에서는 승선카드(SeaPass Card)가

    선내의 결제에 쓰이며, 하선 하루 전에 정산하

    게 된다.

  – 약간의 현찰(EU국가 – 유로화 / 기타 지역 – 미국 달러화)

• 복장

① 정장(Formal Day)

  – 남성 : 검은색(감색) 계열의 정장 + 나비넥

        타이 + 정장 구두

  – 여성 : 화려한 칵테일 드레스 혹은 원피스

        / 한복 + 정장 구두

② 캐주얼

    국내 레스토랑, 골프장 클럽하우스 출입하는 정도의 복장

    (남자는 칼라 있는 셔츠, 콤비 정도이면 무난 / 여성은 세미정장)

③ 수영복

④ 운동복, 운동화(조깅, 피트니스센터 이용 시), 경량화(기항지 용),

    슬리퍼, 여름용 간이 신발

⑤ 가디건 혹은 점퍼(바람막이 옷/ 크루즈선 상 밤에 대비)

　* 여름이라도 선내는 에어컨이 강하기 때문에 긴팔 소매 옷 필요

⑥ 기항지 관광용 간편복, 계절에 따른 기능성 의류, 등산용 휴대 우비

　(소형). 휴대용 우산 및 파라솔

• 세면도구 : 치약, 칫솔, 헤어 캡, 면도기, 썬 크림, 각종 화장품(비

　누, 바디로션, 샴푸, 수건, 가운, 헤어드라이기 등은 선실 내 비품으

　로 공급함)

• 구급상비약 : 총무가 준비

• 휴대물품 : 선글라스, 모자, 핸드폰 및 여분의

　　　　　배터리, 충전기, 시계, 망원경

－ 필기구, 노트, 메모장(수첩 류), 카메라, 카메

　라용 건전지, 직은 배닝 류(하신 시 사용), 보

　온병, 장거리 비행 대비 목 베개(공기 조절용

　이 편리), 손톱깎이

• 기념품 : 선상에서 승무원, 외국인 등에게 선물 가능한 소품 (한국

　　　　전통 문양의 열쇠고리, 책갈피, 부채 등)

• 기 타 : 카드, 윷놀이 도구 (총무가 준비)

• 독서 등 소일거리 각자 지참

18 마지막 관문, 9일 휴가의 벽

> 『늘 걱정하듯 말하죠. 헛된 꿈은 독이라고, 세상은 끝이 정해진 책처럼 돌이킬 수 없는 현실이라고, 언젠가 나 그 벽을 넘고서 저 하늘을 높이 날 수 있어요. 이 무거운 세상도 나를 묶을 수 없죠. 내 삶의 끝에서 나 웃을 그날을 함께 해요.』
>
> – 이적, '거위의 꿈'중에서 –

출항 1개월 전 최종 준비모임을 마친 필자에게는 또 하나의 마지막 관문을 넘어야 했다. 외환은행에서 지점장으로 재직 중이던 필자는 당시에 여름휴가 사용시 관례였던 9일 휴가(주중 5영업일 + 앞뒤 토, 일을 합한 일수)를 넘어서는 휴가를 사용해야 했다. 최종 확정된 14박15일 일정으로 달력을 보면, 근무일수 휴가는 8영업일이 필요했다.

서구 선진국의 경우에는 여름 한 달 휴가를 위해서 나머지 11개월 동안 일한다고 할 정도로 장기 휴가가 일반적이지만, 우리나라의 일반적인 풍속도는 휴가가 여름에 집중되고, 회사마다 사규와는 다른 관례라는 것이 존재한다.

필자의 직장에서도 사내 규정상으로는 사용하지 않은 연차, 월차. 안식년 휴가만 해도 필자의 경우 25일이나 되었지만, 당시에 여름휴가로 9일 이상 휴가를 사용하는 직원은 거의 없었기 때문에 9일을 넘는 휴가를 사용하는 것이 부담스러운 과제였다.

출항 3주일여를 앞두고 필자의 직속 상사인 지역영업본부장을 직접 방문해서 말씀을 드리기로 했다. 필자의 사무실에서, 그리고 영업본부장의 사무실에 도착해서 문을 열고 들어가기 직전, 이렇게 두 번 하느님께 기도를 올렸다.

"하느님, 지난 7년간의 준비과정을 마치고 13부부가 함께 떠나는 여행이 저로 인해서 걸림돌이 되지 않게 하시고, 그동안의 준비과정을 어여삐 여기시어 축복해 주시고 꿈을 이룰 수 있도록 도와주시고 이끌어 주십시오."

영업본부장과 차를 나누면서, 휴가에 관한 이야기를 꺼냈다. 7년간의 크루즈여행 프로젝트가 출발하게 된 기원과 그동안 필자가 총무로서 기획하고 준비해온 과정, 그리고 총2억여 원에 달하는 적립기금을 은행원인 필자가 운용해온 경과를 설명 드리고, 8영업일의 휴가가 필요하오니 허락을 요청했다. 물론 필자가 부재시의 지점의 주요 진행 사항을 어떻게 준비해 놓았는지에 대한 업무적인 사항도 설명 드렸다.

"이야기를 듣고 보니, 김 지점장이 가지 않을 수 없는 여행 프로젝트네요. 잘 다녀 오세요."

본부장의 대답에 마음속으로 감사의 화살기도를 올렸다. 직원의 꿈을 이해하고 쾌히 승낙해준 상사와 함께 일하는 것이 감사하고 행복했다.

성공적으로 여행을 다녀온 이후, 필자는 정년퇴직하는 마지막 날까지 지점, 영업본부, 그리고 조직 전체와 고객을 위해서 열성을 다해 일했다.

19 여행자 클럽, 노후의 사회적 자본

『성실한 친구는 안전한 피난처요, 그런 친구를 가진 것은 보화를 지닌 것과 같다.』

– 집회서 6 : 14 –

우리나라는 2000년에 65세 이상 노인 인구가 전체 인구의 7%를 넘어 고령화 사회(Ageing Society)가 되었으며, 2018년경에는 14%에 진입하여 고령 사회(Aged Society)로, 2026년경에는 20%를 넘어서는 초고령 사회(Super-Aged Society)로 진입할 것으로 전망되고 있다. OECD 국가 중에서도 빠른 속도로 고령화가 이루어지고 있는 것이다.

흔히 '노후준비' 혹은 '노후대책'이라고 말할 때 재테크 준비, 즉 재무적 준비만을 생각하기가 쉽다. 그러나 행복한 노후 생활은 빵만 해결된다고 해서 보장되지는 않는다. 경제적인 면에서의 노후 준비를 '경제적 자본'이라 말한다면 경제를 제외한 사회적인 관계 내지 인적 네트워크를 기반으로 한 노후 준비를 '사회적 자본'으로 분류하고 있다. 경제적 자본이 노후에 '어떻게 의식주를 해결할 것인가?'에 관한 준비라면, 사회적 자본은 '누구와 무엇을 하며 보낼 것인가?'에 관한 준비를 말한다.

은퇴를 앞둔 세대를 대상으로 한 노후의 버킷 리스트를 조사해 보면 항상 '여행'이 앞선 순위에 자리매김한다. 그만큼 여행은 누구나 가고 싶어 한다. 여행도 멋진 여행, 제대로 된 여행은 건강, 재력, 동반자, 여행 목적 등이 조화를 이룰 때 가능하다. 이때 누구와 함께 갈 것인가에 대한 제안이 바로 '여행자 클럽'이다.

여행사의 일반 패키지 해외여행을 하다보면 서로 스타일이 다르거나 예의에 어긋난 행동을 하는 여행자들 때문에 눈살을 찌푸리는 경우를 경

로마공항 대기실에서 즐겁게 담소하는 모습. 마음이 맞는 사람들끼리의 여행에서는 기다리는 시간도 지겹지가 않다

공식 파티를 마치고 서로 하이파이브로 화답하는 회원들의 모습

험하게 된다. 이럴 때마다 '다음에는 마음에 맞은 사람들끼리 여행을 해야지' 하는 생각을 하게 된다.

　미국 하버드대학교에서 10대를 대상으로 연구대상자 724명을 선정하여 무려 75년에 걸쳐 이들의 삶을 추적하여 무엇이 인생의 행복에 중요한지를 연구한 자료에 의하면, 인생의 행복은 부와 명성에 있지 않고 '좋은 인간관계'에서 형성된다는 결론을 내렸다. 또한 이 연구에서는 50대에 좋은 인간관계를 형성한 그룹이 80대에서도 건강하고 행복한 삶을 영위하고 있음을 발견했다.

　필자가 이 책에서 강조하는 메시지는 크루즈여행 자체에 대한 재미와 행복도 중요하지만 크루즈여행 준비과정과 크루즈여행을 함께 하면서 하나의 가족처럼 형성된 '좋은 인간관계'가 자연스럽게 '여행자클럽'으로 발전하여, 노후에도 그 모임이 현재 진행형으로서 해외뿐만 아니라 국내 여행도 함께 다니면서 노후의 행복을 공유할 수 있다는 사실이다. 그만큼 크루즈여행은 다른 여행에서는 경험하기 어려운 특별한 준비와 추억을 남겨 준다.

　우리나라 베이비붐세대들의 경제적 자본 상황을 보면 은퇴 후에도 해외여행을 마음껏 다니는 것이 쉽지는 않은 것이 현실이다. 그래서 처음이자 어쩌면 마지막일 수도 있는 크루즈 여행을 준비하는 과정을 함께 하고, 멋지고 성공적인 크루즈여행을 마무리한 다음에는 필자의 경우처럼 사회적 자본인 여행자클럽으로서 노후를 함께 할 수 있기를 제안한다. 여행자 클럽은 해외 및 국내 여행뿐만 아니라 서울을 예로 들면 시내 고궁답사와 북촌 순례, 남산 길 함께 걷기 등 크고 작은 이벤트와 각종 문화 행사를 함께 할 수 있는 노후의 든든한 버팀목이 될 것이다. 산이 67%를 차지하고, 삼면이 바다를 끼고 있으며, 사계절을 가진 우리나라는 100세 인생 시대에 여행자클럽을 만들어 즐기기에 좋은 나라이다.

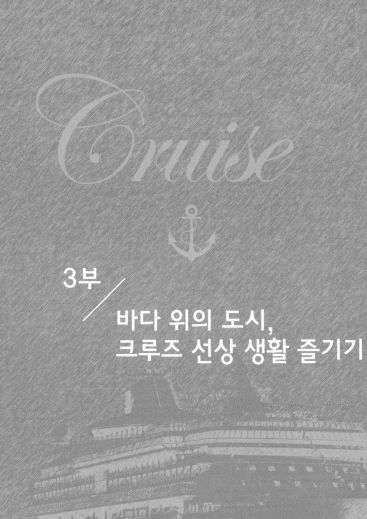

3부

바다 위의 도시,
크루즈 선상 생활 즐기기

20 승선 및 하선 절차

승선 절차

출발항구의 크루즈여객 터미널 도착

크루즈여행은 출발하는 기항지 항구에 정박해 있는 크루즈여객 터미널 부두에 가서 크루즈선에 승선함으로써 시작된다.

여행자의 여행 스케줄에 따라서 공항에 도착해서 부두로 곧장 가야할 경우도 있고, 미리 현지에 도착해서 오전에 시내 관광을 하다가 오후에 승선하거나, 하루 전에 현지에 도착해서 호텔에서 하루 숙박한 후에 승선하러 가는 경우 등으로 나누어 질 수 있으나, 적어도 출항(대개 오후 5시경 내외) 2시간 전에는 크루즈선 터미널에 도착하도록 해야 한다.

크루즈선은 통상 출항 5~6시간 전부터 승선 수속 서비스를 제공하기 때문에, 시간 여유가 있는 경우에는 일찍 승선해서 선내에서 점심을 해결하고, 오후에는 휴식하거나 선내의 이모저모를 살펴보는 시간을 가지는 것도 좋다.

승선 수속

승선 시에 지참해야 할 서류에는 예약확인서, 여권, 신용카드이다. 소정의 승선서류에다 성명, 여권번호 등 기본사항과 국내의 비상연락처와 하선 시 결제에 사용할 신용카드를 기재한다. 서류검토가 끝나면, 승선카드를 발급받음으로써 승선 수속은 끝난다. 선사에 따라서는 여권을 선사가 보관하며, 하선 시에 승객 앞 돌려주는 경우도 있다. 승선카드(SeaPass Card)는 일종의 ID카드로써, 크루즈선에서 생활하는 동안 신분증 역할을 하며, 선실(침실)의 출입KEY 기능, 기항지 관광 시 승.하선 시 체크인, 체크아웃 기능, 선내에서의 쇼핑 등 결제수단으로 통용된다. 승선카드를 분실하는 경우가 있기 때문에 승선카드에는 선실번호가 기재되어 있지 않으므로, 선실 번호는 별도로 적어두거나 외워야 한다.

크루즈여객 터미널에서 승선하는 날의 탑승케이트는 간단한 출국 심사를 겸해서 이루어진다. 승선카드를 제출하고, 사진을 찍게 되는데, 사진은 컴퓨터에 입력이 되어, 향후 크루즈선에서 승.하선을 할 때 검색대에서 승선카드를 기기에 터치하면 본인확인에 이용이 된다.

지참한 수화물은 예약 시에 예약확인서와 함께 수령한 짐표(Baggage Tag)를 부착해서, 승선 시에 검색대 앞에다 두면, 포터들이 여행자의 해당 선실에 까지 배달을 해준다. 크루즈선내에는 공항 검색 시에 금지하는 물품은 허용되지 않는 것으로 이해하면 된다. 귀중품이나 자주 이용하는 소품은 휴대하는 가방에 지참하는 것이 좋다.

선실확인 및 선내시설 둘러보기

선실 번호는 4자리로 되어 있으며, 앞자리 두 자리가 층수를 표시한다. 엘리베이터 혹은 계단을 이용해서 본인의 선실로 이동해서 승선카드를 투입하면 문이 열린다. 짐은 미리 도착되어 있는 경우도 있고, 승선 인원이 많은 경우에는 나중에 도착하기도 한다. 짐이 도착하면, 옷장,

서랍장, 안전금고 등에다 짐을 정리한다. 크루즈선에서 배부하는 크루즈선 층별 안내도를 보고, 우선은 아침, 점심 식사를 제공하는 뷔페 레스토랑, 저녁 만찬 식당, 안내데스크 등 필수 공간의 위치를 먼저 파악하는 것이 필요하다. 배의 선수, 선미, 좌측, 우측을 기준으로 본인의 선실 위치와 가장 가까운 엘리베이터의 위치를 파악하는 것이 선상 생활을 익숙하게 하는데 도움이 된다.

안전 교육

승선 후 첫 공식행사로 출항 전에 승선자 전원을 대상으로 안전교육이 실시된다. 사이렌이 울리면, 선실 내에 비치한 구명조끼를 입고, 선실을 나와서 복도에 대기하고 있는 승무원의 안내에 따라 그룹별로 정해진 집결장소에 모인다. 이때의 집결장소는 비상시에 구명정을 타는 위치가 되므로 구역번호를 확인할 필요가 있다. 구역번호는 대개 구명조끼에 표시되어 있다. 집결 후 인원점검이 끝나면, 대극장이나 라운지에서 구명조끼 착용 요령, 비상시 행동요령 등 안전 교육을 실시한다.

하선 절차

선상 생활 중 이용 금액 결제

하선 하루 전에 승선 이후 사용한 금액의 명세서가 선실로 배달이 된다. 기항지 선택 관광을 비롯해서, 선내에서의 쇼핑, 주류, 유료시설 이용 내역 등이 모두 기재되어 있다. 본인의 사용 내역과 일치하면 별도의 조치를 취할 필요 없이 승선 시에 미리 제시한 본인의 신용카드로 결제

바다의 선물! 크루즈여행 길라잡이

출항지 크루즈여객 터미널에서 승선하기 위해 대기 중인 승객들

가 이루어진다. 승선 시에 결제수단을 현금으로 기재한 경우에는 안내 데스크로 가서 직접 결제를 해야 한다. 사용 내역이 본인의 기록과 상이한 경우에는 지체 없이 안내 데스크로 가서 정정을 요청해야 한다.

선내 팁 지불

크루즈여행 중 팁은 선실 청소담당자(스테이트룸 어텐던트, 정.부2명 한조로 구성)와 저녁 만찬 레스토랑 웨이터(정.부 2명 한조로 구성) 등 승무원에게 지급되는 봉사료이며, 예약 시에 선내 팁이 얼마인지 사전에 공지 및 계약이 된다. 일반 여행과는 달리 크루즈여행에서는 팁을 매일 지불하는 것이 아니라, 하선 하루 전에 일괄 지불한다. 하선 며칠 전에 선실로 팁 지불을 승선카드로 결제할 것인지 여부를 묻는 서류가 송부되며, 작성하여 안내 데스크에 제출하면, 승선카드 수령 시에 신고한 본인의 신용카드로 결제가 이루어진다. 단체여행의 경우에는 인솔자가 일괄해서 결제하면 편리하다.

　매일 선실 청소를 하는 스테이트룸 어텐던트(Stateroom attendant)와 저녁 만찬식당의 웨이터는 자주 만나다 보면 정이 들고, 계약상의 팁 이외에 별도로 감사표시(미화 달러 혹은 유로화, 기타 작은 선물 등)를 하고자 할 경우에는 직접 전달하면 된다. 필자의 경우에는 스테이트룸 어텐던트에게는 일정(2주간)의 중간쯤인 일주일 경과한 시점에 별도의 봉투에다 감사의 글과 함께 　정.부 두 명에게 각각 전달했다. 저녁 만찬 웨이터에게는 마지막 만찬을 마치고 기념 촬영도 하면서, 단체로 감사의 정을 전달했다.

최종 기항지 크루즈여객 터미널에는 미리 하역된
짐들이 짐표(tag)색 기준으로 구분되어 기다리고 있다

크루즈여행 만족도 조사

하선 2~3일 전에 선실로 고객 만족도 조사를 하는 앙케트 설문지가 배달이 된다. 크루즈여행 중 선사의 기항지 관광 프로그램, 선내 시설이용, 각종 공연 등 콘텐츠에 대한 의견과 건의사항 그리고 부서별 승무원에 대한 친절도 등에 대한 조사가 이루어진다. 보다 나은 크루즈여행 서비스 제공을 위한 자료로 사용되며, 특히 승무원에 대한 평가는 계약 만료 시 다음번 재 채용 여부에 영향을 미치기도 한다.

우리 일행의 저녁 만찬 담당 웨이터팀장은 필리핀 출신으로 같은 아시아권인 우리 일행에 대해 친절하게 서비스를 제공했으며, 총무인 나와는 친해져서, 하선 시 앙케트 조사에서 만찬 담당 웨이터 만족도에 '엑설런트'란에 체크해달라고 부탁을 하였다. 최상의 서비스를 제공받았기 때문에 기꺼이 '엑설런트'에다 표시를 해서 제출했다. 마지막 만찬 후에 '굿바이'인사를 하면서, '엑설런트'란에다 표시를 했다고 미소 지으며 말했더니, 감사를 연발하며 환한 웃음을 지었다.

거대한 크루즈선에는 수많은 승무원들이 일하고 있다. 임금 정책 때문에 대부분 영어 소통이 가능한 인도, 파키스탄, 인도네시아, 필리핀, 중동, 아프리카 출신의 직원들이 많다. 자주 만나게 되는 승무원들과는 서로 이름을 물어보고 만날 때 마다 이름을 부르며 인사하면, 이들 역시 더욱 친절하고 열심히 일하는 모습을 보게 된다.

수하물 꾸리기

하선 전날 선실로 배포된 짐표(Baggage Tag)를 여행용 큰 가방에다 부착한다. 짐표에는 본인의 영문이름과 연락처(핸드폰 등)를 기재하는 것이 좋다. 짐을 정리할 때는 수하물용 큰 가방에 넣을 짐과 다음날 하선

이후 입을 옷, 세면도구, 귀중품 등은 휴대 지참하는 가방에다 별도로 구분해서 정리한다. 해외여행 중에 여행용 큰 가방에는 항공사별 짐표가 계속 붙어 있는 경우를 보게 되는데, 경험상 최종 행선지용 짐표 외에는 떼어버리는 것이 배달 사고 위험을 줄이는데 도움이 된다. 정리된 수하물 짐은 하선 전날 저녁(밤 11시 이전까지)에 선실 문 앞에 내어 놓으면, 포터들이 다음날 승객이 내리기 전에 짐을 먼저 하선시킨다.

하선

크루즈선에서의 마지막 아침. 뷔페 레스토랑에서 식사를 마친 후 선실이나 라운지에서 휴식을 취하며 대기하고 있다가 방송 안내에 따라서 짐표의 컬러색깔 그룹별로 하선이 이루어진다. 최종적으로 선실을 나올 때에는 선실 내 안전금고, 옷장, 서랍장, 충전기를 비롯한 물건이 빠진 것이 없는지 최종적으로 확인한다.

하선 시 검색대에서 본인의 승선카드로 체크아웃을 하고 나면, 승선카드는 기념으로 보관하면 된다.

기항지 항구에 따라서는 간단한 출입국 절차를 거치기도 하며, 여권을 지참해야 한다.

수하물 수령 및 다음 목적지로 이동

크루즈여객 터미널에는 짐표의 컬러색별로 구분된 수하물이 미리 도착되어 있다. 본인의 수하물을 찾아서 다음 목적지(공항이나 기타 행선지)로 이동함으로써 크루즈여행은 최종 완료가 된다.

21 크루즈 여행의
하루 24시

밤새 다음 기항지 항구로 달려온 크루즈선이 항구에 도착할 새벽녘에 잠을 깬다. 발코니룸 선실에서는 발코니로 나가 아름다운 일출을 보거나 새로운 항구와 눈으로 인사를 한다. 오랫동안 기다려온 친구를 만날 때처럼 바다에서 점점 가까이 다가오는 항구를 볼 때의 설렘은 크루즈여행이 주는 큰 매력중의 하나이다. 도심 속에서 바다를 보는 것과 바다에서 항구를 보는 것은 다르다. 우리가 몰랐던 진정한 도시의 얼굴을 보게 된다.

크루즈선은 전날 출발항구와 도착항구의 거리와 그날의 기항지 일정에 따라 다소 차이가 있지만, 새로운 항구에 보통 일출 시간 전후로 도착한다. 아침식사 전까지의 시간은 각자의 스타일대로 보내면 된다.

오전 6시. 피트니스센터에서 아침 운동, 갑판 위 트랙에서 조깅이나 걷기, 수영, 요가 등 운동으로 시작해도 좋고, 선실로 배달되는 크루즈 선사의 뉴스레터(News letter)나 그날의 일정을 살펴보며 커피를 한 잔 해도 좋다. 세면, 샤워 등 일상의 준비가 끝나면, 바다가 보이는 뷔페식당에서 아침 식사를 한다.

뷔페식당은 시간에 쫓기지 않고 언제든지 이용할 수 있게 운영한다. 오전 9시경 전후로 기항지 관광을 위해서 하선하기 때문에 그날의 하선 일정에 맞추어 식사를 하면 된다.

아침 식사를 마치고 하선하기 전에, 단체 팀의 경우에는 어느 한 장소와 시간을 정해서 매일 모여서 함께 하선을 하는 것이 원활한 일정 진행에 좋다. 크루즈선사에서 운영하는 기항지 관광 코스를 선택한 경우에는 대극장 등 미리 고지한 장소에서 기항지 관광 코스별로 모여서 인원 점검을 한 뒤에 하선하기도 한다. 뉴스레터나 안내 센터의 안내를 확인해서 정해진 장소에 시간을 맞추어 가는 것이 필요하다.

오전 9시. 하선을 위한 출구에서는 승무원들이 아침인사와 함께 음료수 1병씩을 주기도 한다. 선상카드로 하선 체크를 하고, 항구에 내린다. 기항지 항구의 수심이 얕거나 크루즈선 접안 시설이 미비한 경우에는 크루즈선은 외항에 정박하고, 텐더보트를 타고 부두까지 갈 때도 있다.

부두에 내리면, 크루즈선사의 기항지관광 코스별로 버스가 대기하고 있다. 선사의 기항지 관광코스, 단체 팀이라면 별도의 단독 코스, 자유여행으로 나누어서 기항지에서의 일정을 보내게 된다. 자유여행을 택한 여행자는 도심이 항구에 가까운 경우에는, 오전에 관광을 즐기다가 배로 돌아와 뷔페식당에서 점심을 먹고 다시 하선을 해서 오후 관광을 즐길 수도 있다.

하루 낮 동안의 기항지 관광을 마치면, 반드시 정해진 복귀 시간까지 배로 돌아와야 한다. 배는 정해진 시간에 출항하기 때문이다.

오후 5시. 아침 하선을 할 때는 검색대에서 선상카드로 체크만 했지만, 저녁에 다시 승선을 할 때는 선상카드 체크 외에, 가지고 있는 짐을 검색대 X-RAY검사 GATE를 통해서 점검을 하게 된다.

선실로 돌아오면, 샤워를 하고 휴식의 시간을 가진다.

오후 6시. 저녁 만찬이 시작된다. 배의 크기에 따라서는 만찬 시간을 앞선 조(First Seating)와 늦은 조(Second Seating), 2개조로 나누어 진행되는 경우도 있다. 아침 식사나 점심 식사를 하는 뷔페식당에서는 복장

바다의 선물! 크루즈여행 길라잡이

이 비교적 자유롭지만, 저녁 정찬 식당에서는 선사에서 정한 복장 규정에 따라 준비를 하면 된다. 일반적인 날은 세미정장이나 캐주얼 차림이 허용되지만, 선장 초청 공식파티나 환영만찬, 송별만찬 등 특별한 날에는 남녀 공히 정장 차림으로 입장해야 한다. 남성은 싱글 양복에 넥타이를, 여성은 원피스 혹은 드레스와 구두를 착용하면 된다. 우리 팀의 경우 선장 초청 공식 파티가 있었던 날은 남자는 싱글 정장에 나비넥타이를, 여성은 모두 한복으로 입었는데, 외국인 여성들이 한복을 보고는 '원더풀, 뷰티풀'로 인사하며, 함께 사진을 찍기도 하였다. 만찬은 보통 2시간30분 정도의 코스로 진행된다.

오후 8시 30분. 만찬이 끝나면, 선실로 돌아와 잠시 쉬든지, 아니면 쇼핑이나 산보를 한다. 저녁 만찬이 끝난 후에는 매일 다양한 공연이 펼쳐진다. 브로드웨이 뮤지컬, 기악앙상블, 매직 쇼, 피아노, 바이올린 독주와 협연, 라스베이거스 스타일의 쇼, 남미의 탱고 등 세계 각국의 춤 공연, 가수의 공연 등 볼거리가 많다.

오후 10시30분. 공연이 끝나면, 자유 시간이다.

아침 기항지 관광을 위해 하선 전, 집합 약속 장소에서 담소를 나누는 일행들

선실로 돌아와 휴식하면서 하루를 정리하거나 야간에 갑판 트랙에서 걷기나 수영 혹은 사우나를 즐길 수도 있고, BAR에서 술자리를 하거나 인터넷룸, 도서관, 각종 운동시설, 카지노, 쇼핑 등 자유 시간을 활용할 수 있다. 공연을 보지 않고 이러한 자유 시간을 활용해도 된다. 우리 팀의 경우에는 거의 매일 공연을 보았다. 매일 다양한 장르의 수준 높은 공연이 있었기 때문이다.

하루 중의 모든 일정을 마치고 선실로 돌아오면, 내일의 일정을 살펴보고 미리 준비물을 챙기는 것이 좋다. 그리고 꿈나라로 떠나면 된다.

지금까지 기항지 관광을 하는 날을 중심으로 크루즈여행의 24시를 정리해 보았다. 우리 팀은 기항지가 이태리, 발칸 여러 나라의 다양한 문화, 역사 유적지가 많았기 때문에 전일 항해를 하는 날을 빼고는 한국에서 사전에 준비한 일정에 따라 우리 팀 단독의 기항지 관광을 즐겼다.

비싼 가격을 주고 탄 크루즈선인데도 기항지 관광을 하지 않고, 수영장에서 수영과 일광욕을 즐기거나 도서관에서 하루를 보내는 외국인들을 보면, 처음에는 이해하기가 힘들었지만, 그것은 문화나 개인적인 캐릭터의 차이, 여행자의 건강 컨디션에 따른 것으로 받아들이게 되었다.

공식 정찬후 크루즈선 중앙라운지 계단에서 기념촬영

휴게실에서 카드게임을 즐기는 크루즈승객들

저녁 정찬 식당의 모습

크루즈선 발코니에서의 휴식

크루즈여행은 '비용'이 아니라 '투자'이다.
크루즈여행을 통해서 경험한 새로운 시각과
인식은 노후 인생을 살아가는데 생각의
깊이와 폭을 넓혀줄 것이다.

기항지 관광을 마치고 크루즈
선으로 귀환하는 승객들

22 선상 시설 **이용하기**

10만 톤급 이상의 대형 크루즈선의 규모나 시설을 이해하기 쉽게 예를 든다면, 서울시 서초구 반포동에 위치한 고속버스터미널 옆 '센트럴시티'가 바다 위에 떠 있다고 보면 좋다. 매리어트호텔과 신세계백화점을 합친 건물로 이해하면 된다. 즉, 15층~20층 높이의 건물 안에 호텔(숙소)과 쇼핑가, 피트니스센터, 수영장, 각종 식당과 Bar, 영화관과 공연장, 도서관, 카지노 등이 있으니, 센트럴시티와 유사하다고 볼 수 있다.

식당, 음식 관련 시설

크루즈여행이 일반 여행과 차별되는 가장 큰 장점이자 즐거움 중의 하나는 세계 각국의 맛있는 요리를 마음껏 즐길 수 있다는데 있다. 식당은 아침과 점심시간에 주로 이용하는 뷔페 레스토랑, 저녁 만찬을 제공하는 메인 레스토랑(Dining Room) 그리고 별도의 예약과 유료로 이용하는 스페셜티 레스토랑으로 나눌 수 있다. 또한 수영장이나 라운지 인근에 간이 레스토랑과 각종 Bar가 있다.

아침, 점심은 간편한 복장으로 이용이 가능하고, 뷔페 레스토랑에 자

❶ 대극장 외에도 라운지나 정찬 식당 대기 장소, 풀사이드 바 등에도 소규모의 연주가 많다
❷ 스페셜티 레스토랑에서의 즐거운 만찬

크루즈선내의 상점

유로이 입장해서 빈 좌석을 선택해서 식사를 하면 된다. 고급 크루즈선의 경우에는 뷔페 레스토랑에서도 승객이 접시를 들고 있으면 원하는 음식과 요리를 서비스하는 승무원이 직접 접시에 담아준다.

　저녁 정찬은 승객이 많은 경우에는 이른 조(First Seating)와 늦은 조(Second Seating)로 나누어 운영하기도 하는데, 만찬시간은 코스 요리로 진행되며 보통 2시간30분정도 소요된다. 정찬 식당의 좌석은 전 일정 고정석으로 지정이 되기도 하고, 날마다 선착순으로 지정이 되기도 한다. 단체 여행팀의 경우에는 사전에 시간대와 특정 좌석을 조율해서 정하는 것이 편리하다. 우리 일행의 경우에는 오후6시에 시작하는 정찬시간에, 수평선이 보이는 바닷가 창 쪽에 위치한 고정석 테이블을 배정받았으며, 전 일정 동안 두 팀의 웨이터(웨이터 한 팀은 웨이터와 보조 웨이터로 구성)들이 서비스를 해 주었다.

　스페셜티 레스토랑은 주로 이탈리아, 프랑스, 중식당, 일식당 등이 있으며, 사전 예약제로 유료로 운영된다. 우리 일행은 회원 중 회갑 축하와 결혼 30주년 행사를 각각 이탈리안, 프렌치 레스토랑을 예약해서 축하 케익과 함께 이벤트로 즐겼다.

선실(침실)

Stateroom 혹은 Cabin으로 불리는 선실은 침대, 옷장, 책상, 의자, 소파가 비치되어 있고, 발코니룸의 경우에는 발코니에 간이 테이블과 의자 2개가 별도로 있다. 기본 비품으로 TV, 전화, 냉장고(미니바), 귀중품을 보관하는 안전금고가 있으며, 화장실에는 세면시설과 욕조 또는 별도의 샤워장과 세면, 샤워에 필요한 샴푸, 비누, 가운, 타월, 헤어 드라이기 등이 비치된다. 각종 비품이나 소모품은 육상의 5성급 호텔 이상의 고급품이 제공된다. 음료수(생수)를 제외한 탄산음료, 주류 등은 사용 시 하

선내의 사진관. 스냅사진은 마음에 들면 구입하면 된다

선할 때 청구가 된다.

TV는 24시간 이용 가능하며, 채널 안내표가 비치되어 있다.

또한 매일 선사에서 News letter가 선실로 배달이 된다. News letter에는 다음날 실시하는 기항지의 선택 관광 코스 안내와 기항지 소개, 시차, 일출 및 일몰 시간, 꼭 체크해야 할 아침 하선 시간과 오후 승선(귀환) 마감시간, 그날의 정찬식당 복장 양식등이 공지된다. 기타 세계 각국의 주요 뉴스 요약도 실려 있다. 우리 일행은 한국에서 동행한 여행사의 가이드가 번역해서 제공하는 한글판 뉴스레터를 영문판과 함께 이용할 수 있었다.

문화 시설

대극장, 소극장에서는 매일 클래식 연주, 브로드웨이 뮤지컬, 팝과 팝페라, 연극, 코미디, 매직 쇼 등 다양한 장르의 공연이 제공된다. 이러한 문화 콘텐츠는 음식, 승객 수 대비 승무원 수와 함께 크루즈선의 등급을 분류하는 중요한 기준이 된다.

기타 문화 시설로는 도서관, 인터넷 PC룸, 무도회장, 노래방 등이 있다. 인터넷 PC룸은 서비스 내용에 따라 유료와 무료가 있으니 사용 전에 확인할 필요가 있다.

스포츠 시설과 놀이 시설

대형, 소형 수영장과 미니 온천이 여러 군데 설치되어 있으며, 실내 수영장도 있다. 피트니스센터는 대부분 24시간 개방하지만, 일부 크루즈선은 사용 시간이 정해진 곳도 있다. 그밖에 탁구장, 스쿼시, 미니 암벽 등반, 미니 골프장, 어린이를 위한 놀이 시설 등이 있으며, 갑판에는 조깅 트랙이 있어서 아침, 저녁으로 조깅과 걷기를 이용하기 편리하다. 대형 크루즈선의 경우에는 트랙 한 바퀴가 400미터가 넘는 경우도 있다. 크루즈선에서 맛있는 음식을 많이 먹은 만큼 적정한 운동을 병행하는 것이 필요하다. 사우나와 스파, 마사지도 휴식과 여가 시간 보내기에 좋은 시설이다.

가족 특히 어린이를 동반한 승객이나 젊은 승객의 경우에는 놀이 시설이나 스포츠시설이 중요할 수도 있다. 12만톤급 이상의 대형 크루즈선에 이러한 시설이 다양하게 구비되어 있는데, 이런 대형 크루즈선은 대부분 캐주얼급에 해당한다. 카리브해에서 운항하는 세계 최대의 크루즈선인 22만톤급 오아시스호나 얼루어호는 워터파크, 인공파도타기, 짚라인 등을 즐길 수 있을 정도로 상상 이상의 시설이 갖추어져 있다.

게임 시설

카지노와 카드 놀이를 할 수 있는 카드룸, PC룸이 있다. 카지노에서는 승선 카드로는 사용이 안 되고 미화 달러나 여행자 수표로 칩이나 토큰을 구입해서 이용한다. 미사용한 칩이나 토큰은 하선 전에 현금으로 다시 교환해야 한다. 카지노는 일반적으로 항구에 정박 중인 시간에는 운영하지 않으며, 공해상에서 운항 중일 때 운영하므로 이용 가능 시간을 확인해야 한다.

카지노룸

기타 시설

각 층별로 쇼핑을 할 수 있는 상점과 편의점, 갤러리, 의료 시설과 세탁소, 사진관 등을 이용할 수 있다. 특정한 날에 특정한 품목(예를 들어 시계, 혹은 가방 등)을 세일하는 날을 정해서 판매하기도 한다. 의료시설은 의사가 상주하고 있으며, 요금이 비싸기 때문에 평소에 지병이 있거나 상용하는 약, 멀미나 설사, 구급약 등은 한국에서 미리 준비해 가는 것이 좋다.

매일 저녁 다채로운 공연이 펼쳐지는 대극장의 입구

❶ 피부미용실. 유료로 운영된다 ❷ 인터넷PC룸 ❸ 도서관 ❹ 고객데스크
❺ 크루즈선 중앙부 메인 엘리베이터 앞 공간의 정원수

오늘의 행복을 내일로 계속 미루는 일은 이제 그만 하자.
영어의 'Present'는 '현재'라는 의미와 '선물'의 의미를
함께 가지고 있다. 오늘의 선물에서 행복을 찾지 못하는
사람에게 나중에 찾아오는 행복은 없다.

갑판 위 조깅 트랙

상상이 현실이 되는 놀라운 세상

오아시스호(Oasis of the Seas)
얼루어호(Allure of the Seas)
하모니호(Harmony of the Seas)

바다 위 경이로운 건축물이자 세계 최대 규모 크루즈선(22만톤)으로 모든 이들의 이목을 집중시킨 로얄
캐리비안 크루즈 오아시스호, 얼루어호, 하모니호가 환상적인 카리브해로 여러분을 안내합니다. 최고의
상상력과 혁신적인 도전을 담은 로얄캐리비안 크루즈와 함께 최고의 크루즈여행을 즐겨보세요!!!

1. 파도타기 (Flow Rider)　　2. 아쿠아극장 (Aqua Theater)　　3. 짚라인 (Zip Line)　　4. 암벽등반 (Rock Climbing)　　5. 로프트 스위트 (Loft Suite)

11. 워터파크 (H2O Zone)　　12. 레이싱 타이드바 (Racing TideBar)　　13. 로얄 프로머네이드(Royal Promenade)　　14. 센트럴파크 (Central Park)　　15. 대수영장 (Main Pool)

▲ 자료제공 : 로얄 캐리비안 크루즈 한국사무소

HIGHLIGHTS [세계 최대 크루즈 오아시스호 하이라이트]

OASIS OF THE SEAS®

세계 최대 크루즈, 오아시스 클래스 제원

●**총톤수:** 22만톤 ●**총탑승객:** 5,400명 ●**총승무원:** 2,115명 ●**최고속도:** 23노트 ●**전장/전폭:** 362m/47m

소속크루즈선 : 오아시스호(Oasis of the Seas) *처녀운항 : 2009년12월 *운항지역 : 카리브해
얼루어호(Allure of the Seas) *처녀운항 : 2010년11월 *운항지역 : 카리브해
하모니호(Harmony of the Seas) *처녀운항 : 2016년5월 *운항지역 : 카리브해

공원 (Board Walk)

7. 미니골프 (Mini Golf)

8. 뷔페식당 (Windjammer MarketPlace)

9. 회전목마 (Carousel)

10. 정찬식당 (Dining Room)

이트링크(Studio B)

17. 바이킹 라운지(Viking Crown Lounge)

18. 솔라리움 수영장 (Solarium)

19. 대극장 (Opal Theater)

20. 스파 & 피트니스 (Spa & Fitness)

23 기항지 관광 요령

기항지 관광은 크루즈선을 타고 새로운 항구에 도착하여 낮 동안 즐기는 관광을 말한다. 기항지 관광의 형태는 다양하게 이용이 가능한데, 크루즈선사에서 제공하는 선택 관광, 단체 여행팀의 단독 패키지관광, 개인 자유 관광, 소그룹 자유 관광, 크루즈 선사의 선택 관광 + 자유 관광 등으로 나눌 수가 있다.

12명 이상의 단체 팀이 형성되거나 처음 크루즈여행을 가는 경우에는 단체 여행팀 단독의 패키지 관광을 권장하고 싶다.

크루즈선사의 선택 관광

크루즈선사에서 판매하는 기항지 관광을 말한다. 몇 가지 코스로 나누어 판매하며, 크루즈여행 출발 전 프로그램을 보고 사전에 기항지 관광을 선택 예약하기도 하고, 승선 후에 예약을 해도 된다. 어쨌든 하루 전에 예약이 완료되어야 하는데, 인기 코스의 경우에는 미리 예약이 마감되기도 한다. 기항지에 도착하여 부두에 내리면, 선사의 기항지관광 코스별로 번호 혹은 알파벳으로 안내 표시가 유리창에 부착된 대형버스가 줄지어 기다리고 있다. 버스에는 기항지 관광을 안내할 현지 가이드가 탑승하여 안내를 한다. 크루즈선에는 세계 각국에서 관광객이 승선하기 때문에 기항지 관광의 가이드는 영어로 안내를 한다. 선택 관광 요금은 하선 시에 일괄 결제한다.

단체 여행팀의 단독 패키지 관광

우리 일행이 제1차 크루즈여행에서 이용한 방식이다. 한국에서 사전에 기항지 별로 관광할 코스를 여행사와 우리 팀이 조율하여 최종 결정을 했으며, 여행사에서 현지의 여행사와 연계하여 기항지에 내리면, 우리 일행 전용 버스가 대기하고, 한국에서 동행한 인솔자 이외에 현지에서 주로 한국인 교포 가이드가 합류하여 안내를 도와주는 방식이다. 점심을 이용할 식당도 사전에 예약이 되어 있다. 물론 여행경비에는 크루즈비용 이외에 기항지 관광요금 일체를 포함하여 계약을 하였다.

개인 자유 관광

크루즈선에서 하선하여 기항지를 개인(혼자 혹은 부부)이 자유로이 관광하는 방식이다. 어느 정도 외국어 소통이 가능하고, 기항지의 관광이 항구에서 가까운 곳에 집중되어 있는 경우에 편리하다. 관광 코스가 원거리인 경우에는 별도로 교통수단을 마련하고 이동하는 것이 불편할 수도 있다. 시간 낭비를 줄이기 위해서 사전에 기항지 관광 코스에 대한 예비지식을 가지고 가는 것이 필요하다. 오후의 크루즈선 승선(귀환) 마감 시간을 반드시 준수하도록 시간 관리를 철저히 해야 한다.

소그룹 자유 관광

친구나 부부 몇 팀 등 4~8명 정도가 자유 관광을 하는 방식이다. 항구에 하선하면, 택시나 대중교통 수단을 이용해서 관광을 하는 방식이다. 개인 자유 관광 보다는 안전하다고 볼 수 있는데, 이 방식 역시 일행 중에 외국어 소통이 가능한 사람이 있어야 좋으며, 사전에 기항지 관광에 대한 예비지식을 가지고 가는 것이 필요하다. 인터넷을 이용해서 현지의 한국인 가이드를 사전에 예약해서 이용할 수도 있다.

크루즈선사의 선택 관광 + 자유 관광

기항지 관광 코스가 원거리인 경우이거나 잘 모르는 지역인 경우에는

기항지 관광을 위해서 크루즈선에서 하선하는 승객들

크루즈선사가 제공하는 선택 관광을 이용하고, 관광 코스가 항구에서 가까이 있거나 워낙 유명한 곳이라서 대중교통이나 관광인프라가 잘 갖추어져 있고 치안이 좋은 곳에서는 자유 관광을 선택하는 방식이다.

크루즈선이 항구에 정박하는 경우 기항지 관광을 반드시 해야 하는 것은 아니다. 우리 일행의 제1차 크루즈여행에서는 추억 쌓기를 위해서 전일 항해 날을 제외하고는 기항지 관광을 빠지지 않고 하였지만, 외국인의 경우에는 도서관으로 가거나, 수영장에서 일광욕을 하면서 하루를 보내는 경우도 보았고, 몸이 불편해서 선실에서 쉬거나 게임을 하면서 시간을 보내는 경우도 보았다.

또는 오전에 기항지 시내 관광을 하고 배로 돌아와서 점심을 선내 식당에서 해결하고 오후에 다시 하선해서 시내 관광을 하는 경우도 가능하다. 오전이나 오후를 골라서 반나절만 관광을 하고 선내에서 프로그램을 즐기는 경우도 있을 수 있다. 선택은 어디까지나 여행자 본인의 몫이다.

기항지 부두에서 크루즈선에서 하선하는 승객들을 기다리는 관광버스들

24 저녁 정찬 즐기기

크루즈여행의 가장 큰 장점이자 다른 여행과 차별화되는 특징은 매일 세계 최고의 일류 요리를 즐길 수 있다는 점이다. 세계 각국의 일류 요리사가 매일 기항지에서 공급하는 신선한 식재료로 다양한 메뉴의 요리를 제공한다. 요리의 진수는 가볍게 드는 아침, 점심의 뷔페 레스토랑 보다는 저녁 정찬 식당에서 맛보게 된다.

크루즈여행에서 한국 여행자들이 그래도 '고향의 맛'을 찾는다고 한국에서 음식이나 주류를 몰래 가져오기도 하는데, 적어도 크루즈여행은 오성급 이상의 호텔에서 자고 먹는다고 생각하고 그런 수고를 하지 말아야한다. 호텔에 갈 때 음식을 싸가지고 가지 않는 것과 같다. 현지의 음식을 먹는 것이 여행이 주는 큰 추억이자 경험이다.

크루즈선에서의 식사는 아침, 점심, 저녁 모두 배를 채우는 '먹는다'는 표현보다는 눈앞에 펼쳐진 수평선을 바라보며 와인을 곁들여 건배하면서 동반자 혹은 여행에서 처음 만난 사람들과 함께 '즐긴다'는 표현이 적합하다.

정찬 대식당에는 세계 각국의 여행객들이 동석하기 때문에 선사에서 정해놓은 룰과 에티켓을 지키는 것이 필요하다.

복장

아침, 점심 때 이용하는 뷔페 레스토랑의 경우에는 복장이 비교적 자유롭지만, 저녁 정찬의 경우에는 선사가 미리 정해놓은 복장을 준비해야 한다. 그날의 드레스 코드(Evening Attire)는 선실로 매일 배달되는 News letter 첫 페이지 상단에 기재되어 있다. 셀레브리티 실루엣호에서는 13번의 정찬 중 Formal 3번, Smart casual 10번으로 지정되어 있었다.

Formal의 경우에 남성은 짙은 색(검정 계열)의 정장이나 턱시도에 넥타이와 나비넥타이를, 여성의 경우에는 컬러풀한 원피스나 이브닝드레스를 입으면 된다. Smart casual의 경우에 남성은 컬러가 있는 티셔츠에 자켓을, 여성은 원피스 혹은 세미 정장을 입으면 된다. Smart casual은 골프장 클럽하우스 식당에서 식사하는 옷 정도로 생각하면 쉽다. Casual은 카리브해 등 휴양지 위주의 일정에서 많이 사용하는 복장으로 남녀 모두 청바지, 반바지나 노출이 심한 옷을 피하는 정도로 가볍게 입으면 된다. 턱시도는 선사에서 유료로 대여를 해주기도 한다. 우리 팀의 여성들은 3번의 Formal day중 선장 주최 공식 만찬이 있었던 날은 한복을 입었는데 외국인 승객들의 인기를 끌었다. 그날은 만찬을 마치고 선내 중앙계단, 라운지, 갑판 전망대 등 중요한 장소에서 기념 촬영을 했다.

좌석배정과 테이블 에티켓

정찬 식당의 테이블은 선사에 따라 매일 정해진 시간에 좌석이 지정되는 경우도 있고, 선착순으로 배정이 되는 경우도 있다. 우리 팀은 단체 팀으로서 14인석 두 테이블을 수평선이 보이는 바닷가 창문 쪽에 지정석으로 배정을 받았고, 테이블 A에는 필리핀 출신 웨이터에 인도 보조 웨이터가, 테이블 B에는 크로아티아 출신 웨이터에 슬로베니아 출신 보조 웨이터가 일정 전 기간 동안 서비스를 담당했다. 매일 저녁 만나다 보니 자연스레 정이 들었다.

좌석이 매일 마다 지정되는 경우에는 만찬 시간에 식당에 가면, 인원수에 따라 접수를 하고 배정을 해준다.

정찬 식당의 테이블에는 여러 종류의 포크, 나이프, 포도주잔, 물잔, 커피잔 등이 준비되어 있어서 어느 것이 본인의 것이지 처음에는 파악하기가 어려울 수도 있다. 이때 편리한 공식이 '좌빵 우물'이다. 빵은 왼쪽에 놓인 것이, 물은 오른쪽에 놓인 것이 본인의 것으로 사용하면 된다.

우리나라 식당의 웨이터와 외국 식당의 웨이터가 일하는 스타일 중 차이점 하나는 우리나라 웨이터는 뭔가 바쁘기는 한데 손님과 눈을 마주치지 않으려고 한다. 그러다 보니 벨을 누르거나 '이모'소리가 여기저기 나오게 된다. 외국의 식당은 웨이터나 지배인이 항상 손님을 주시하고 있다가 눈을 마주치거나 손을 들면 즉시 달려와서 서비스를 해준다. 특히 잘 훈련된 크루즈선의 웨이터들은 항상 서비스를 친절하게 제공하기 때문에 궁금한 점이나 청할 것이 있으면 언제든지 요구하면 된다.

정찬 식사 메뉴

크루즈선을 타고 첫날 정찬 식당에 앉으면, 우선 메뉴판을 보고 놀라게 된다. 음식 종류가 너무 많이 배열되어 있어서 무엇을 주문해야 할지 당황할 수도 있다. 잘 모르는 경우에는 웨이터가 추천하는 메뉴를 선택하는 것이 무방하다. 메뉴를 먹다보면 전 일정 기간 중에 여러 가지 진미를 경험하게 된다. 부부의 경우에는 남편과 아내가 다른 종류의 메뉴를 선택해서 서로 새로운 음식을 맛보는 것도 좋은 방법이다.

셀레브리티 실루엣호의 저녁 정찬 메뉴는 크게 다섯 부분으로 나뉘어져 있었다.

* 전식 (애피타이저– Appetizers) 3종류
* 수프와 샐러드(Soups & Salads) 4종류
* 본식(앙트레–Entrees) 6종류
* 디저트(Desserts) 3종류
* 아이스크림과 소르베(Ice Cream & Sorbet) 4종류

스페셜티 레스토랑

정찬 식당 외에 별도로 예약제로 유료로 운영하는 스페셜티 레스토랑이 있다. 우리 팀의 경우에는 프렌치 레스토랑 '무라노'에서 그해 회갑을 맞는 회원을 위해서, 이탈리안 레스토랑 '투스칸 그릴'에서는 결혼 30주년을 맞는 부부를 위해서 별도의 이벤트를 겸한 축하 자리를 마련했다. 정찬 식당에서 지정석을 배정 받았기 때문에 저녁 정찬을 다른 식당에서 이용할 경우에는 정찬 식당의 웨이터에게 미리 알려주어 준비에 참고하도록 해야 한다.

식사 중 친교

한국 사람들은 대부분 식사를 빨리 마친다. 그런데 크루즈 여행에서 정찬 식당의 풀코스 시간은 보통 2시간 30분을 넘는다. 서양 사람들은 먹는 것 외에 대화와 웃음이 끊어지지 않고, 포도주를 비롯한 술을 즐

긴다. 식사시간이 그야말로 친교와 사교의 장소가 된다. 이런 문화가 처음에는 낯설고 서먹하다. 다행히 우리 팀 13부부는 단체 팀으로 별도의 지정석이 배정되었지만, 우리 팀 나름대로 정찬을 즐기기 위해서 룰을 정했다.

1) 정찬 식당에서는 이틀 연속 앞과 옆자리에 동일한 부부와 앉지 않고 매일 다른 파트너들과 대화를 했다.
2) '오늘의 베스트 드레서'로 뽑힌 부인의 남편이 포도주를 스폰서 했다.
3) 대화는 정치, 군대 이야기는 빼고, 여행에 관련된 주제로 대화를 나누었다. 그날의 기항지 관광, 방문 도시에 관한 문화, 역사, 인물에 관한 이야기만 해도 사실은 이야기 거리가 많았다. 대부분이 가톨

마지막 정찬을 마치고 그동안 수고해준 웨이터와 함께

바다의 선물! 크루즈여행 길라잡이

릭 신자였고 방문지 도시에 성당이 많았기 때문에 종교나 신앙에 관한 이야기는 자연스레 화제에 올랐다. 어쨌든 13일간의 크루즈 선 정찬 식당에서 2시간 30분 동안 즐거운 대화를 나누면서 식사를 즐겼다는 것은 우리 일행에게 새로운 역사였고, 나름대로 자부심을 갖게 했다.

여행, 독서, 예술에 관한 취미와 지식에서 다양하고 재미있는 대화의 이야기거리가 나온다. 상대방이 말할 때 관심 있는 자세로 들어주는 에티켓도 중요하다. 어쨌든 식사 시간중의 웃음과 대화는 좋은 소화제의 역할을 한다.

셀리브리티 실루엣 호의 저녁 정찬 메뉴 예시

* Appetizers (애피타이저 – 전식)
1) Creamy Salmon Rillette 진한 풍미의 훈제 연어, 오이, 케이퍼 살사와 아르루가 캐비어
2) Beef Carpaccio 디종 아이올리 소스와 얇게 저민 파마산 치즈를 곁들인 쇠고기카르파치오(육회 느낌)
3) Crispy Frog Legs 바삭하게 요리한 개구리 다리

* Soups & Salads (수프와 샐러드)
1) Yellow Corn Soup 차이브를 곁들인

옥수수 콘 수프
2) Silky Smooth Strawberry Soup 부드러운 감촉의 딸기 수프
3) Baby Spinach & Trevisio Salad 블루 치즈, 크랜베리 소스를 곁들인 어린 시금치 샐러드
4) Cucumber & Tomato Salad 오이, 토마토, 빨간 양파에 요거트,허브 드레싱을한 샐러드

* Entrees (앙뜨레–본식)
1) Shrimp Scampi 와인–갈릭 소스로 맛

을 낸 새우 요리와 링귀니 파스타

2) Cedar Plank Grilled Cobia 'Black Salmon' 바비큐 소스로 맛을 낸 연어 요리

3) Duck a L'Orange 오렌지 소스로 숙성시킨 오리고기 요리

4) Roasted Colorado Rack of Lamb 으깬 감자, 브루콜리, 당근을 곁들인 양고기 요리

5) 'Celebrity's Signature' Beef Tournedo

동그랗게 모양을 낸 비프 텐더로인과 버섯, 양파, 감자

6) Vegetable Paella 야채 빠에야(스페인의 찐 야채 요리)와 쿠스쿠스

* Desserts (디저트)

1) Apple Tart Tatin 카라멜 소스를 곁들인 그래니 스미스 사과로 만든 사과 퍼프패스츄리

2) Cherries Jubilee 버건디 와인으로 맛

크루즈선상의 저녁 정찬은 배고픔을 채우는 것이 아니라,
미각, 시각, 후각 그리고 친절과 배려가 어우러진 FOOD ART로 볼 수 있다

을 낸 달콤한 체리와 바닐라 아이스
크림

3) Phyllo Dough Tulip 다양한 신선한 과
일 위에 시트러스 크림을 얹은 튤립
모양의 디저트

* Ice Cream & Sorbet
1) Ice Cream(아이스크림), Vanila(바닐
라), Chocolate(초콜릿), After-Eight(애
프터 에잇), Strawberry(스트로베리)

2) Sorbet(소르베), Coconut(코코넛)

3) Low Fat Frozen Yogurt(로우 팻
프로즌 요거트), Plain(플레인),
Blueberry(블루베리)

4) No Sugar Added Strawberry Ice
Cream (무가당 스트로베리 아이스크
림)

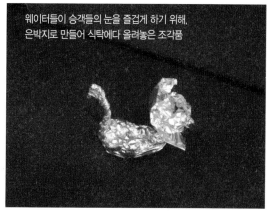

웨이터들이 승객들의 눈을 즐겁게 하기 위해,
은박지로 만들어 식탁에다 올려놓은 조각품

25 전일항해 즐기기

'전일항해'(혹은 '전일해상'으로 표기하기도 한다)는 출발 항구에서 다음 기항지 항구까지가 너무 장거리여서 저녁에 출항한 배가 다음날 기항지 없이 하루 종일 바다에서 항해를 하는 일정을 말한다.

크루즈 여행을 준비하던 시기에 여행사로부터 여행 코스 몇 가지를 제안 받아서 코스를 비교 검토할 때에는, 가급적이면 전일항해가 없거나 적은 코스를 선택하려고 했다. 비싼 여행비를 내고 기항지 관광을 하지 않고 24시간 이상을 배에서만 보내는 것은 손해인 것 같기도 하고, 지루할 것 같은 선입관이 들었기 때문이다.

그러나 크루즈여행을 경험한 지금은 1주일에 하루 정도는 전일항해가 있는 것이 오히려 전체 여행 일정을 즐기는데 더 도움이 된다는 생각을 갖게 되었다.

전일항해는 우선 여유를 가지고 푹 쉬는 휴식의 날이다. 가정에서 토요일이나 일요일 아침에 늦잠을 자서 모자란 잠을 보충하듯이, 늦게 일어나도 되고 언제든지 뷔페 레스토랑에 가면 먹거리가 해결되니 얼마나 편리한가. 또한 지나온 여행 일정을 점검하고 남은 여행 일정을 구상하는 시간을 보내는 것도 유익한 시간이다.

무엇보다 선사에서는 전일항해 날에는 평소보다 더 다양한 프로그램을 준비하고 있다. 선실로 배달되는 뉴스레터를 보고 각종 프로그램 중 마음에 드는 프로그램이나 행사, 이벤트에 참여하면 된다.

선사에서 제공하는 각종 프로그램들

강연, 요가, 미술(전시회 포함), 음악, 공예, 요리, 와인, 댄스 강좌, 스파, 피부미용, 영화 등 여러 가지 프로그램이 제공된다. 일부 프로그램은 사전에 참가 신청을 받아 제한된 인원으로 진행하고, 별도의 참가 수수료를 받는 프로그램도 있다.

다양한 스포츠 활동

수영장, 피트니스센터, 탁구장, 미니골프장, 암벽 등반, 트랙에서 조

와인 저장고에서 승무원과 함께

❶ 피트니스센터 ❷ 선내 탁구장 ❸ 미팅룸에서의 윷놀이 청백전
❹ 크루즈선에서는 미술, 요가 등 각종 프로그램을 운영하고 있다
❺ 갤리 투어(Galley tour)

킹 혹은 걷기 등 다양한 스포츠 활동을 할 수가 있다.

외국인들이 크루즈선상에서 가장 즐기는 것이 일광욕과 수영장이라 할 정도로 하루종일 수영, 일광욕, 낮잠, 독서(외국인들은 벤치에서 햇볕을 쬐면서 독서를 많이 한다)를 즐기다가 Poolside Bar에서 음료나 술을 마시면서 시간을 보내는 경우를 많이 보게 된다.

우리가 탔던 크루즈선에서는 승무원과 승객 대표 팀 간에 수영장에서 하는 배구(Pool volleyball)경기가 열렸다.

개인 자유 시간 즐기기

도서관, 카지노, PC 게임룸, 카드 게임룸, 쇼핑 즐기기, 세탁소, 사진관 이용 등 개인별로 시간을 보내는 공간이나 시설을 최대한 활용해서 여가를 즐겁게 보낼 수 있다.

저녁시간

평소와 다름없이 전일항해 일에도 대극장에서는 각종 쇼와 공연이 펼쳐진다.

우리 팀의 특별한 전일항해 즐기기

오전에는 가이드를 통하여 미리 예약시간을 잡아 놓은 와인 저장고와 요리사들이 근무하는 갤리(주방) 투어를 했다.

　오후에는 각자 개인 자유 시간을 즐겼는데 우리 부부는 세탁물 정리 후 도서관과 그동안 배에서 생활하면서 가보지 못한 여기저기를 둘러보는 시간을 가졌다.

　저녁 정찬을 마친 뒤에는 미팅룸을 빌려서 선상 윷놀이 대회를 했다. 세계의 크루즈 역사에서 선상에서 윷놀이 대회를 한 것은 아마도 우리 팀이 처음이었으리라. 회원들의 거주지를 기준으로 경기도 팀과 서울 팀으로 나누어 청.백팀 대항전으로 즐거운 시간을 보냈다. 윷놀이를 마치고 수평선이 보이는 'Horizon hall bar'로 자리를 옮겨 회원간 친교의 시간을 가졌는데, 비용은 진 팀에서 부담했다.

Cruise

4부

수평선 위에 핀 꿈,
베네치아에서 로마까지

26 바다 위의 작은 도시, 셀레브리티 실루엣호

『20년 후, 당신은 했던 일보다 하지 않았던 일로 인해 실망할 것이다.

돛줄을 풀어라. 안전한 항구를 떠나 항해하라.

당신의 돛에 무역풍을 가득 담아라.

탐험하라. 꿈꾸라. 발견하라.』

— 마크 트웨인 —

아드리아해 & 지중해 크루즈여행 일정 14박15일(크루즈 숙박기준 12박13일)의 여행에서 탑승한 셀레브리티 실루엣호는 2011. 7월에 처녀항해를 한 건조된지 얼마되지 않은 프리미엄급 크루즈선이었다. 셀레브리티 실루엣호의 주요 제원은 다음과 같다.

* 선 적 : 몰타
* 승객수 : 2,886명
* 승무원수 : 1,233명
* 톤 수 : 122,200톤
* 길 이 : 317m
* 선 폭 : 37m
* 속 도 : 24노트(시속 44km)
* 층 수(승객동) : 13층
* 엘리베이터 수 : 13개
* 전 압 : 110/220 V
* 총객실수 : 1,433개 (스위트 58 / 발코니 1,148 / 오션뷰 60 / 인사이드 137 / 장애인 30)

* Dining(식사) : 12개   * Entertainment (오락, 여가, 전시 등) : 15개
* Fitness/Spa (체육, 스파시설 등) : 11개   * Lounges (라운지, Bar) : 14개
* Shops (상점) : 4개
* Guset Services (의무실, 관광안내, 회의실 등) : 5개

　　12박13일간 의식주의 보금자리가 된 셀레브리티 실루엣호는 말 그대로 바다 위의 작은 도시였다. 승객과 승무원을 포함해서 최대 4,119명이 살아가는 도시인 것이다. 베네치아항에서 처음 만난 실루엣호는 우선 317m나 되는 길이에 놀랐다. 서울의 잠실 종합운동장 올림픽 주경기장의 직선 트랙 길이(150m)의 두 배나 된다.

　　배이름 실루엣이 의미하듯이 처음 만난 도시를 파악하는 것은 하루아침에 되지 않는다. 이사 간 동네에서 길을 익힐 때에도 우선 학교나 직장으로 가는 길을 먼저 익히듯이 크루즈선에서도 선실과 식당, 승선과 하선을 하는 출입구, 갑판으로 통하는 통로 등을 먼저 익히게 된다. 길눈이 밝은 사람과 어두운 사람의 차이는 배에서도 마찬가지였다. 그러나 걱정할 필요는 없다. 크루즈선에서 마주친 낯선 길, 낯선 사람, 낯선 언어, 낯선 음식이야말로 안전한 항구를 떠나 돛줄을 풀었을 때 비로소 발견하는 보물임을 마지막 기항지에서 하선할 때 알게 될 테니까.

지구(地球가) 아닌 수구(水球)로 불러야

지구 표면의 71%가 바다이다. 바다는 지구 산소의 75%를 생산하며, 이산화탄소의 50%를 흡수한다. 지구 전체의 생명체 약 3천5백만 종의 80%가 서식하는 공간이 바다이다. 인류가 섭취하는 동물성 단백질의 40%를 공급하며, 아직 해양자원의 95%는 미개발된 상태이다.
바다로 계속 나아가면 낭떠러지 절벽이 있다는 두려움을 깬 대항해 시대의 모험으로 역사의 전환기를 가져온 인류 앞에 바다는 아직도 희망의 영토로 남아 있다.

셀레브리티 실루엣호(12만톤), 프리미엄급 크루즈선이다(자료제공: 로얄캐리비안 크루즈 한국사무소)

27 건축의 도시 비첸차, 물의 도시 베네치아

1일차, 2일차

　인천 공항에서 터키항공 비행기를 타고 이스탄불까지 10시간 30분 소요. 이스탄불 공항에 도착하여 4시간 정도 휴식을 취했다. 이스탄불 공항 구내 터키 아이스크림을 파는 가게의 점원이 현란한 손동작으로 익살스런 제스처를 보이며 건네준 아이스크림의 달콤한 맛이 점원의 유머와 더해져 오랜 비행에서 오는 피로를 가시게 해주었다. 이스탄불 공항에서 이륙 후 2시간 뒤에 베네치아 공항에 도착한 시간은 현지 시간 오전 9시 30분. 공항에서 버스를 타고 곧장 크루즈여객 터미널로 갔다.

　눈앞에 펼쳐진 12만톤급 크루즈선 '셀레브리티 실루엣호!'

베네치아항에 정박중인 크루즈선

　얼마나 가슴 벅찬 순간이었던가. 제주해협에서 품은 자그마한 꿈이 7년의 세월이 지나 베네치아 항에서 이루어진 것이다.

　출입국 및 승선 절차를 밟았다. 짐은 TAG를 부쳐 먼저 보내고, 검색대 통과 및 사진 촬영을 한 후에 ID카드인 승선카드(SeaPass Card)를 발급받았다. 배에 승선하자마자

❶ 비첸차의 카스텔로 광장. 여기서부터 팔라디오 대로가 시작된다
❷ 비첸차를 설계한 건축가 안드레아 팔라디오의 동상

일행은 14층에 있는 뷔페 레스토랑으로 가서 점심식사를 하였다. 베네치아 항구가 유리창 밖으로 아름답게 펼쳐져 있다. 배라기 보다는 큰 호텔 안에서 식사하는 느낌이 든다. 식사 후에는 셀레브리티 실루엣호 층별 배치도를 안내데스크에서 받아서, 배의 갑판 선수와 선미 그리고 갑판 트랙을 돌면서 처음 타보는 대형 크루즈선을 여기 저기 살펴보았다.

오후 2시30분에 입실. 짐은 이미 문 앞에 도착되어 있었다.
8층에 위치한 발코니룸. 킹사이즈의 더블침대. 옷장, 화장대, 소파, 냉장고, 안전금고, 서랍장, 화장실과 샤워실을 살펴보았다. 벽걸이 TV는 삼성전자 제품이었다. 베란다에는 작은 원탁과 의자 2개, 안락의자 1개가 있다.

비첸차 (Vicenza)

크루즈선은 오늘 베네치아에 정박하고 내일 출항하기 때문에 오후 시

올림피코극장. 세계에서 가장 오래된 르네상스식 실내극장으로 1585년에 완공되었다. 팔라디오가 설계했으나, 완공은 그의 후계자 빈첸초 스차모치에 의해 이루어졌다.

간을 활용하여 베네치아 인근의 소도시를 방문하고, 내일은 베네치아를 관광하기로 했다.

점심식사 후 선실에 여장을 정리한 후 하선하여 오후4시에 버스를 탔다. 첫날 일정이 시작되었다. 유서 깊은 건축의 도시 비첸차를 방문했다. 이탈리아 북부 포강 유역 평야지대와 알프스 산악지대를 연결하는 요지로서 베로나와 파도바의 중간 지점에 위치한다. 1404년 베네치아 공화국에 종속되었다. 베네치아 항에서 버스로 1시간 소요.

비첸차는 유럽 건축사에 큰 영향을 끼친 인물인 파도바 출신의 유명한 건축가 팔라디오(1508~1580)에 의해 설계된 도시로 UNESCO 세계문화 유산에 등재된 도시다. 건축과 미술을 전공하는 사람들에게 필수 방문지 중의 하나이다. 괴테가 이탈리아 기행을 시작할 때 첫 방문코스에 나오는 도시이기도 하다. 팔라디오 대로를 따라 세계에서 가장 오래된

극장인 올림피코 극장(1585년에 개관)과 14개의 소성당을 가진 두오모 성당 등을 방문했다. 올림피코 극장을 비롯해서 시내 곳곳에 팔라디오의 건축물이 산재해 있다. 한 사람의 위대한 건축가의 영향을 받은 도시가 훼손되지 않고 잘 보존되어 있다는 것 자체가 얼마나 큰 자랑거리인가!

비첸차 관광 일정이 오후 늦게 시작되었고, 크루즈선내의 정찬 시간에 맞추어 귀선하기는 어려워서 저녁 7시에 비첸차 시내 이탈리안 레스토랑에서 크루즈여행 일정의 첫 만찬을 가졌다.

밤 9시에 크루즈선으로 귀환. 오랜 비행시간을 거친 후라 숙면을 취했다.

Corso Palladio 거리. 비첸차 시내 중심가로서 상점이 이이진다.

시뇨라 광장. 오른쪽이 바실리카 팔라디오(현재 시청사)이고 왼쪽은 로지아 델 카피타니아토(베네치아 총독 관저였다가 지금은 시의회로 사용중이다). 둘다 팔라디오의 작품이다

베네치아 (Venizia)

영어명 베니스(Venice)로 알려진 도시. 이탈리아 북부 베네토 주의 주도이며 과거 베네치아 공화국의 수도였다. 세계적 관광지이며 운하의 도시로 유명. 베네치아만 안쪽의 석호 위에 흩어져 있는 118개의 섬들이 약 400개의 다리로 이어져 있다. 희곡 '베니스의 상인'은 세익스피어의 대표적인 작품이지만, 정작 세익스피어는 베네치아를 방문한 적은 없었다.

9시30분에 크루즈선 하선. 크루즈터미널에서 보트를 타고 본섬의 산마르꼬 광장앞 부두에 도착했다. 베네치아 여행은 베네치아의 수호성인인 마르꼬에서 이름을 딴 산마르꼬 광장에서 시작이 된다. 광장을 중심으로 왼쪽에는 산마르꼬 대성당이, 오른쪽에는 두칼레궁전이 서 있다.

베네치아의 곤돌라부두

* 두칼레 궁전

두칼레 궁전은 비잔틴, 고딕, 르네상스 양식 등 여러 시대의 건축 양식이 혼합되어 있는 건축물로서 유명하다. 과거에 베네치아를 방문한 경험이 있었으나, 궁전 내부를 방문하는 것은 처음이다. 웅장한 벽화, 특히 천국을 그린 대형 유화가 눈길을 끈다.

탄식의 다리를 건너서 창살로 막혀진 감옥을 방문. 두칼레 궁전에서 재판을 받고 나온 죄수들이 이 다리를 건너면 세상과 완전히 단절되는 의미에서 '탄식의 다리'라는 이름이 붙여졌다. 작가이자 바람둥이였던 카사노바가 투옥되었다가 탈옥을 하여 더 유명해진 곳이다. 지금은 탄식의 다리는 관광객들의 인기 포토존이 되어 '환상의 다리'역할을 하고 있다.

* 산마르꼬 대성당

823년 베네치아 상인이 이집트 알렉산드리아에서 마르꼬 성인의 유해를 가져와서 산마르꼬 대성당에다 안치했고, 베네치아의 수호성인으로 선포했다.

베네치아의 수로 풍경

* 무라노섬의 유리공예 공방과 전시장 방문

무라노 섬은 베네치아의 대표적인 공산품인 유리공예로 유명하다. 크고 작은 유리 공방과 상점들이 많다. 유리공방에서 장인이 직접 유리를 녹여서 유리병을 만드는 과정을 볼 수 있었다.

* 베네치아 운하일주

3대의 수상택시에 회원들이 분승하여, 베네치아·운하일주 관광을 했다. 베네치아의 수로를 S자 모양으로 한 시간 정도 둘러보았다. 베네치아가 물의 도시로 불리는 이유를 실감하게 해준, 평생에 남을 멋진 코스였다. 베네치아의 운하 주변 풍경은 사진을 찍으면 그대로 하나의 그림엽서가 된다. 30대로 보이는 남녀 연인이 수로에 면한 테라스에 앉아서 간식을 먹으며 햇살과 대화하는 모습이 아름답다. 우리나라 관광객들은 선글라스와 모자를 함께 사용하는데, 서양인들은 대부분 선글라스는 착용하지만 모자를 쓴 사람을 보기는 힘들다. 성당에서 매년 나눠주는 달력에 화보로 자주 등장하는 산타마리아 델라 살루테 대성당 앞을 지나갈 때는 직접 눈앞에 보게 된 행운에 감사의 화살기도를 바쳤다. 살루테 대성당 옆이 페기 구겐하임 미술관인데 수로 상에서 요트로 눈요기 관광을 하다 보니, 직접 방문하지 못한 아쉬움이 크다.

15:30 크루즈선으로 귀선.

16:15 비상대피훈련 참가. 사이렌이 울리고 선실내의 구명조끼를 들고 나와, 복도에서 대기한 승무원의 안내로 대극장에 모였다. 구명조끼 사용법과 비상시 구명정 위치와 행동 요령 등에 대한 설명이 있었다

17:00 크루즈선 출항. 'Good Bye, Venice'음악이 울려 퍼지는 가운데 승객들이 갑판에 서서 시야에서 점점 멀어지는 베네치아를 향해 작별하는 시간을 가졌다. 수상도시답게 베네치아가 시야에서 완전히 멀어지기 까지 30분 넘게 걸렸다. 그만큼 베네치아는 물 위에 넓게 자리 잡고 있었다.

18:30 정찬식당에서 크루즈선 첫날의 만찬을 즐기다. 우리 일행은 바닷가 창 쪽 대형 테이블 2개를 지정석으로 배정받았다.

21:00 대극장 공연. 오늘은 바이올린과 실내악 연주

❶ 크루즈선에서 바라본 산마르꼬 광장. 나폴레옹이 유럽의 정원이라고 극찬한 곳이다
❷ 베네치아의 수호성인인 마르꼬 성인에 봉헌된 산마르꼬 대성당
❸ 무라노 섬에서 방문한 유리공방의 유리세공사의 작업 모습

베네치아. 탄식의 다리를 통해 내려다보는 수로

베니스의 수로에서 시간을 보내는 연인

베네치아. 산타마리아 델라 살루테 대성당. 페스트로부터 베네치아를 구하고자 성모 마리아에게 봉헌된 성당으로 1631년에 건축을 시작하여 1682년에 완공되었다. 1,156,627개의 나무 기둥 위에 세워진 바로크 양식의 대표적인 건축물이다

Tip

중세 및 근세 유럽 건축 양식 ABC

이탈리아나 프랑스, 스페인, 독일 등 유럽의 여러 나라를 방문할 때 가이드로부터 성당이나 유명 건축물에 관한 설명을 들을 때 자주 듣게 되는 용어가 중세의 건축 양식에 대한 용어이다. 설명을 들을 때는 알 것 같은데도 지나고 보면 잊어버리고 지식 창고에 남아 있지 않은 내용을 요약해 보았다.

지중해 연안이나 기타 유럽 국가의 기항지 관광에서 방문하게 되는 주요 명소와 관련이 있어서 도움이 될 것이다.

베네치아 기항지 관광 기타 추천 코스 : 인근 소도시

파도바 : 파도바대학(1222년에 설립된 국립대학으로 17세기에 갈릴레오 갈릴레이가 교수로 재직했다), 파도바 운하, 성안토니 성당, 라지오네 궁전

빌라 피시니 : 베르사유 궁전에 버금가는 아름다운 정원으로 유명하다.

건축 양식	개요 및 특징	대표적 건축물
초기 기독교 건축	* 기독교가 공인된 AD313년부터 로마네스크건축이 시작된 AD800년 사이의 약 500년간 이탈리아를 중심으로 유럽 전역에서 전개된 기독교적 건축양식 * 로마 건축 양식의 연장으로 볼 수 있음	*카타콤브 (1세기~5세기) : 지하분묘, 로마 외 *구베드로 대성당 (AD330), 로마
비잔틴 건축 Byzantine	* 게르만족의 침입으로 로마가 위협을 받자 로마의 콘스탄티누스 황제가 AD330년 비잔티움(콘스탄티노플로 개명)으로 천도하여 동로마제국이 시작된 때로부터 1453년 오토만 터키의 침입으로 콘스탄티노플이 함락되기 까지 동로마지역에서 전개된 건축양식(콘스탄티노플은 지금의 이스탄불임) *동서문화의 교류가 활발했던 비잔틴문화를 배경으로 서양의 열주식(기둥) 구조에 동양의 돔(Dome) 구조가 혼용됨	*산타소피아 대성당 (532~537), 이스탄불 *산비탈레 대성당 (526~547), 라벤나 *산마르꼬 대성당 (1042~1071), 베네치아
로마네스크 건축 Roma -nesque	* 게르만족의 프랑크 왕국 샤를망대제가 동유럽을 지배한 8세기 말부터 고딕양식이 발생한 13세기 초까지 이탈리아, 프랑스,영국,독일 등에서 교회 건축에 집중되어 전개된 건축양식으로 고딕양식 전까지의 과도기적인 시기의 건축양식임 *초기 기독교시대의 바실리카의 목조 지붕을 석조로 발전시키고, 교회 기능의 확대에 따라 중앙의 사각평면을 기준으로 동서남북으로 규칙적이고 대칭적인 구조와 공간의 확장이 이루어짐(채광효과 확대)	*피사대성당 (1062~1350), 이탈리아 *성프란체스코 수도원 (1223~1253), 아씨시 *몽생미셸 수도원 (1022~1135), 프랑스 노르망디
고딕 건축 Gothic	* 13세기 초 프랑스에서 발생하여 르네상스 건축이 발생한 15세기까지 프랑스, 독일, 영국 등 중북부 유럽에서 전개된 중세의 건축양식으로 중세 교회 건축을 완성함으로써 역사상 종교 건축의 절정기를 이룩한 건축양식임 * 신에 대한 경외심의 표현으로 하늘로 높이 솟은 첨탑과 종탑이 특징임	*노트르담 대성당 (1163~1250), 파리 *쾰른 대성당 (1826~1880), 독일 *밀라노 대성당 (1386~1577), 이탈리아

건축 양식	개요 및 특징	대표적 건축물
르네상스 건축 Renaissan-ce	* 봉건제도의 붕괴와 상공업 위주의 시민사회가 태동한 15세기 초 이탈리아에서 발생하여 15,16세기에 걸쳐 이탈리아를 중심으로 유럽에서 전개된 고전주의 경향의 건축양식 * 돔을 높여 창문을 내어 내부 채광효과를 높이고 돔의 정상부에 정탑을 세운 것이 특징임	*피렌체 대성당 (1296~1461), 이탈리아 *성베드로 대성당 (1506~1667), 로마 *루브르 궁전 (1546~1878), 파리
바로크 건축 Baroque	* 르네상스의 고전주의적, 합리주의적 경향에 반대하여 17세기초 이탈리아에서 발생하여 17,18세기에 걸쳐 로마를 중심으로 이탈리아, 프랑스, 독일, 영국 등 유럽 국가에서 전개된 건축양식으로 감각적, 역동적, 장식적 효과를 추구함 * 회화, 조각, 공예 등 여러 분야가 건축에 융합이 되고, 원형 평면으로 정해진 돔은 타원형이 되고 다시 변형되어 복잡한 동적인 곡면으로 발전함	*산타마리아 델라 살루테 대성당(1631~1682), 베네치아 *베르사이유 궁전 (1661~1756), 파리 *세인트 폴 대성당 (1676~1710), 런던

☞ 참고자료 : 서양건축사 (윤정근 외 7인 공저, 기문당)

터키 이스탄불 공항 내 '터키아이스크림' 가게. 점원의 유머와 익살이 장거리 비행의 피로를 풀어 주었다

요트를 타고 베네치아 운하 일주를 하다

'굿바이, 베네치아'음악이 흐르는 가운데, 크루즈선이 출항했다. 베네치아 항과 이별의 시간을 가지는 승객들

석양의 베네치아

28 유럽의 미니어처, 슬로베니아

>> 기항지 일정

9:00 하선. 코페르항 → 블레드 호수, 성모마리아 승천 성당 → 블레드성. (중식) →
류블랴나(슬로베니아 수도) → 코페르항. 17:30 크루즈선 승선

슬로베니아(Slovenia)

1991년 유고 연방의 해체로 독립한 슬로베니아는 인구 198만, 면적 2
만㎢의 작은 나라이지만 북쪽으로는 오스트리아, 동쪽은 헝가리, 서쪽
은 이탈리아, 남쪽은 크로아티아와 접한 지리적 특성으로 인해 '유럽의
미니어처'라고 불린다.

알프스의 빙하가 만든 호수, 블레드 호수

알프스의 남쪽 '율리안 알프스'의 눈 녹은 물이 흘러내려 만들어진 호
수이다. 호수내의 블레드 섬은 슬로베니아에서 유일한 섬이다. 코페르
항에서 버스로 2시간 걸려 블레드 호수에 도착했다. 호숫가에서 블레드

'플레타나'라 불리는 블레드 호수의 전통보트　　슬로베니아의 유일한 섬 블레드섬에 내리면 99개의
　　　　　　　　　　　　　　　　　　　　　돌계단이 있다.

섬까지의 거리는 불과 2km 정도. 현재 유일한 교통수단인 '플레타나'라 부르는 슬로베니아의 전통 나룻배를 타고 들어가야 한다. 다리로 연결할 수 있는 거리이지만 배로만 이동하는 것이 뱃사공의 생계유지를 넘어서서 호수와 섬이 오염되지 않고 아름다운 환경을 유지하는데 좋겠다는 생각이 들었다.

블레드 섬에 내리면 99개의 돌계단이 기다리고 있다. 이 계단 위에 천년의 역사를 지닌 성모승천 성당이 자리 잡고 있다. 이 성당은 유럽 사람들이 결혼식을 올리고 싶어하는 10대 성당 중의 하나로 꼽힌다. 신랑이 신부를 안고 99개의 계단을 올라가면 부부가 백년해로한다는 전설이 전해진다.

성당 내부에는 '소원의 종'이 있다. 세 번 종을 울리면 소원이 이루어진다는 종이 있어서 순례자의 발길이 이어진다. 우리 일행도 줄을 서서 기다렸다가 종을 울리는 기회를 가졌다. 우리 부부는 우리를 포함해서 이

❶ 블레드섬에 있는 성모마리아 승천성당. 유럽인들이 결혼식을 올리고 싶어하는 성당이다
❷ 블레드섬 내 성모승천 성당에서 이 세상 가정과 부부의 행복을 빌며 종을 세 번 울리다

세상 모든 가정의 중심, 부부의 행복과 평화를 기원하면서 줄을 세 번 당겼다.

* 슬로베니아에서 가장 오래된 성, 블레드성

블레드 호숫가 100m 절벽 위에 자리한 블레드 성은 1004년에 독일 황제 헨리 2세가 건축한 요새이다. 성안에는 중세의 유물을 보관한 박물관과 교회, 레스토랑, 와이너리 등이 있다. 우리 일행은 블레드 호수가 언덕 아래로 내려다보이는 노천 레스토랑에서 점심 식사를 했다. 여름이지만 습하지 않은 건조한 미풍이 부는 가운데, 눈 아래 펼쳐지는 아름다운 풍광은 맛있는 음식과 와인에 덧 붙여 멋진 눈요기가 되었다.

사랑의 도시 류블랴나 (Ljubljana)

알프스 산맥과 지중해 사이 슬로베니아 중부에 위치한 슬로베니아의 수도. 슬로베니아의 문화, 사회, 경제, 정치 및 행정의 중심도시이지만 인구 30만의 작은 도시이다. 류블랴나의 어원은 슬로베니아어로 '사랑스럽다'에서 유래되었다. 슬로베니아의 단어 SLOVENIA에 LOVE란 철자가 있는데 그 수도의 이름이 사랑의 뜻을 담은 류블랴나로 불리는 것은 우연이 아닌 것 같다.

류블랴나 시내를 들어서면 '바쁘다'라는 단어가 필요 없는 도시처럼 느껴진다. 중세의 흔적을 간직한 스로우 시티라고나 할까? 하루 중에 걸어서 도시의 유명 관광 코스를 거의 볼 수 있는 곳이 류블랴나다. 류블랴나

산꼭대기 바위 위의 블레드 성

블레드 호수 전경

블레드 성내 노천레스토랑에서 점심식사를 즐기다.
블레드호수와 주변의 눈요기도 일품

시내 일부 구간은 자동차가 다닐 수 없고, 자전거와 그린버스(전기차)만 다닐 수 있는 거리가 있어서 인지 다른 유럽 도시에 비해 차량의 통행이 적었다. 류블랴나는 사랑의 도시이면서 젊음의 도시이다. 인구 30만명에 대학생 인구가 6만명 정도라는데 거리에서 청년과 자전거를 많이 보게 되는 이유이기도 하다.

가장 먼저 방문한 곳은 성니콜라스 성당. 1706년에 건립된 성당은 외관은 이탈리아나 프랑스의 성당에 비하여 수수하지만, 내부는 화려한 모습으로 장식되어 있다. 정문의 청동문은 1996년 요한 바오로 2세 교황의 방문을 기념해서 만든 문으로 문의 중앙 윗 부분에 바오로 2세 교황의 부조가 새겨져 있었다.

성니콜라스 성당에서 류블랴니차 강쪽으로 걸어가면 시내 중심가인 트리플브릿지와 마켓프레이스가 나온다. 다리 3개가 나란히 있다 해서 이름 붙여진 트리플브릿지를 건너면 류블랴나의 중심이라 할 수 있는 프레세렌 광장과 성프란체스코 성당을 만난다. 프레세렌 광장은 인기 TV 드라마 '디어 마이 프렌즈'에 특별 출연한 조인성이 촬영한 배경으로 유명하다.

트리플브릿지 아래를 흐르는 류블랴니차 강의 한 쪽에 마켓프레이스가 자리잡고 있다. 아름다운 기둥이 돋보이는 상가 건물이 강을 따라 길게 이어지는데 관광 기념품에서부터 일용 잡화, 의류, 식품 등 여러 가지 물건들이 판매되는 곳으로 관광객들의 방문이 많다.

바다의 선물! 크루즈여행 길라잡이

❶ 슬로베니아의 수도 류블랴냐 시내. 걸어서 다니기에 좋은 스로우 시티의 분위기를 준다
❷ 류불랴나의 성니콜라스성당. 1706년에 건립되었다.
❸ 트리플브릿지 옆에 류블랴니차 강을 따라 길게 늘어선 마켓 프레이스

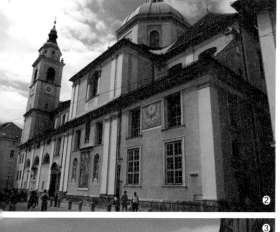

❹ 성니콜라스성당의 청동문. 1996년 요한 바오로2세 교황의 방문을 기념하여 만든 문으로 문 위쪽 중앙에 교황의 부조가 새겨져 있다.

★ 류블랴나 기항지 관광 기타 추천 코스

류블랴나성과 전망대, 박물관

18:30 공식 정찬(Formal Dinner). 정장 양복과 나비넥타이. 여성들은
한복으로 착용. 식사 후 3층 중앙광장 계단에서 기념 촬영.
20:20 대극장 '실루엣'. 선장 초청 공식 행사로서 선장이 먼저 인사를 했
고, 부서별로 스탭진을 소개했다.

21:00 대극장 공연 : 오늘 공연은 브로드웨이 뮤지컬 갈라 쇼.

유고 연방의 역사와 유고 내전

1차 세계대전 후 강대국들이 발칸반도의 사태를 봉합하기 위하여 급조된 국
가이다. 오스트리아-헝가리 제국의 해체와 오스만투르크 제국의 쇠퇴, 범 게
르만의 위축을 전제로 탄생된 국가로서 민족, 종교 간의 차이 등 근본적인 갈
등과 분열을 내재한 채 국가가 지속되다가 1945년 2차 대전 종전 이후 공산
주의자인 티토에 의해 유고슬라비아 인민공화국으로 재탄생하였다. 1980년
티토 사망으로 민족 간 분리 독립과 내전이 지속되었고, 현재 6개국으로 나뉘
어졌다.

티토 치하의 구 유고연방

*1개의 연방 : 유고
*2개의 문자 : 키릴 문자, 라틴 문자
*3개의 종교 : 가톨릭, 이슬람, 동방정교회

바다의 선물! 크루즈여행 길라잡이

※4개의 인종 : 슬라브족, 세르비아족, 이슬람족, 게르만족
※6개의 공화국 : 크로아티아, 슬로베니아, 마케도니아,
　　　　　　 보스니아-헤르체고비나, 세르비아, 몬테네그로

국가명	인구	수도	공용어	비고
슬로베니아	200만	류블랴나	슬로베니아어	1991. 6월 독립
크로아티아	450만	자그레브	크로아티아어	1991. 6월 독립
마케도니아	210만	스코페	마케도니아어	1991. 9월 독립
보스니아-헤르체고비나	370만	사라예보	세르보,크로아트어	1992. 4월 독립
세르비아-몬테네그로	1,070만	베오그라드	세르비아어	1992. 신유고연방 결성 2006.6월 몬테네그로 독립 2008. 2월 코소보 독립

유고 내전의 발발

　1989년 슬로보단 밀로세비치(1941~2006)가 세르비아 대통령에 당선되면서 세르비아 중심의 민족주의를 주창하자 결과적으로 연방의 해체와 분리 독립의 요구가 일어났다. 1991년 6월 분리 독립을 선포한 슬로베니아와 크로아티아의 독립을 막기 위해 슬로베니아를 침공함으로서 시작된 내전은 슬로베니아, 크로아티아, 보스니아, 코소보 등지로 확전되었다. 전쟁 기간 중 세르비아계 군인들에 의한 집단 학살과 부녀자 집단 성폭행, 강제 이주 등 야만적인 인종청소 작전은 전 세계인의 분노를 불러 일으켰다. UN 평화유지군과 나토군의 개입으로 1999년에 마지막 내전이었던 코소보 사태가 종식되었다.

　'발칸반도의 도살자'로 비난받은 밀로세비치는 2000년 민중 봉기로 실

성니콜라스성당의 내부. 수수한 외관과는 달리 내부는 화려하다

각되어 2003년부터 구금된 상태에서 UN산하 헤이그의 국제전범재판소에서 전직 대통령으로서는 처음으로 재판을 받게 되었다. 전쟁 범죄와 인종 청소 등 무려 66개의 죄목으로 기소된 그는 재판 기간 중인 2006년 3월 심장마비로 세상을 떠났다.

트리플브릿지에서 바라본 붉은색 바로크 양식의 성프란체스코 성당과 프레세렌 광장. 광장 중앙에 슬로베키아의 독립운동가이자 민족시인인 프란체 프레세렌의 동상이 서있다

여행은 그것이 국내건 해외이든 일정이 잡히는
날부터 기다림과 설렘이 있다. 지치고 찌든 일상에서
떠난다는 생각만 해도 마음속에는 벌써 행복
호르몬인 '세로토닌'이 흐르기 시작한다.

블레드 성에서 내려다본 블레드 시가지

아드리아해에 접한 슬로베니아 유일의 상업 항구 도시 코페르항

자유의 광장으로 불리는 리베르타 광장

29 루비콘 강을 건너다

>> 기항지 일정

8:30 하선. 라벤나항. → 산마리노공화국 → 루비콘강 → 라벤나 시내관광(산비탈레 성당) → 17:00 크루즈선 승선

세계에서 가장 오래된 공화국, 산 마리노(San Marino)

이탈리아 반도의 아드리아 해안 중북부에 있는 공화국. 지구에서 가장 오래된 공화국으로 1,700년간이나 독립공화국 체제를 유지하고 있다. 국경이 이탈리아에 둘러싸여 있는 내륙국으로, 면적은 61㎢, 인구는 3만 여 명(2015년). 밀농사 외 관광이 주 수입원으로 1인당 국민소득은 4만 불 수준이다.

오랜 외세의 크고 작은 침략을 물리치고 독립을 유지할 수 있었던 것은 해발 750미터의 바위산(몬테 티타노)에 자리잡은 지형적 특성도 있었고, 19세기 후반 이탈리아 전역에 걸쳐 통일운동이 전개될 때에도 독립을 유지한 것은 이탈리아 독립의 영웅 가리발디의 일화가 전해진다. 이탈리아 통일운동 시기에 가리발디 장군이 전사들과 함께 잠시 피신한 곳이 이곳 산마리노. 가리발디는 그에 대한 보답으로 통일 이탈리아 왕국

해발 750미터의 과이타 요새에서 내려다본 산마리노 전경

으로부터도 독립을 유지할 수 있게 했다.

* 자유의 광장, 리베르타 광장

몬테 티타노 산위 언덕 고지대에 자리 잡은 광장으로 라틴어 리베르타
스(LIBERTAS)에서 유래된 광장 이름이다. 산마리노 국기의 한가운데에
리베르타스가 새겨져 있다. 사방으로 구릉과 나지막한 산, 아름다운 붉
은 벽돌집들이 한눈에 그림처럼 펼쳐진다. 경비병 교대식을 관람했다.

* 성 피에트로 성당

'치유의 성당'이란 별칭. 벽에 홈을 파서 침대처럼 만들어진 곳에 누우

면 병이 낫는다는 구전이 전해진다.

* 과이타 요새

리베르타 광장에서 과이타 요새로 이어지는 좁다란 골목길 양쪽에는
관광기념품을 파는 상점들이 줄지어 있다. 몬테 티타노 산의 꼭대기에
자리한 요새로 기독교 박해를 피해 이곳 오지의 산 꼭대기에서 외부와
단절된 채 공동체를 이룬 것이 4세기 초에 산마리노 공화국이 탄생한 배
경이다.

'주사위는 던져졌다'카이사르가 건넜던 운명의 강, 루비콘(Rubicon River)

산마리노에서 라벤나로 돌아가는 길에 예정된 일정은 '단테의 무덤' 방

근위병들의 교대식모습(리베르타 광장)

문이었으나, 현지인 버스기사의 제안으로 일정을 바꾸어 루비콘강을 방문하기로 했다. 버스 기사가 길을 잘 알고 있었다. 역사책과 미디어를 통해서 많이 들어보고, 자주 인용되는 단어가 카이사르, 주사위, 루비콘이지만 막상 루비콘강을 다녀온 여행자는 드물다. 일반 여행에서는 가보기 어려운 곳을 방문하는 행운을 얻었다.

루비콘강은 이탈리아 북동부를 동류(東流)하여, 아드리아 해로 흘러가는 작은 강으로 로마 공화정 말기, 이탈리아와 속주인 알프스 내륙 쪽 갈리아 주(州)와의 경계를 이루는 강이다.

폼페이우스의 사주를 받은 원로원이 갈리아에 있던 카이사르에게 군대를 해산하

루비콘강의 표지판

리베르타 광장 인근의 상점가

고 로마로 돌아오라는 명령을 내리자, 기원전 49년 1월 카이사르(기원전 100년 ~ 기원전44년)가 폼페이우스를 추대한 원로원의 보수파에 대항하여 내란을 일으켜 로마로 진격하기 위해 '주사위는 던져졌다'라는 유명한 말을 남기고 '루비콘강을 건넜다'는 고사가 전해진다. 이후 '루비콘강을 건넜다'는 말은 이미 일이 돌이킬 수 없을 정도로 진행되어 계속 진행할 수밖에 없는 상황을 나타내는 뜻으로 쓰이고 있다.

역사적인 장소에 대한 기대감은 컸으나, 현재의 루비콘강은 서울의 양재천 정도로 작은 하천에 불과했다. 강 위에 놓여 진 다리 입구에 카이사르의 동상이 서있어서 오랜 역사의 현장임을 나타내고 있다.

위인이건 평범한 소시민이건 인생에서 주사위를 던져야 할 때가 있다. 주사위를 던진다는 것은 두 갈래 길에서 하나를 선택하는 것이며, 리스크를 부담하는 것이다. 모두 리스크가 없고 이미 검증되고 안정된 길로 발

라벤나의 대표적인 명소인 산비탈레성당. 8각형의 구조를 가진 대표적 비잔틴건축물이다

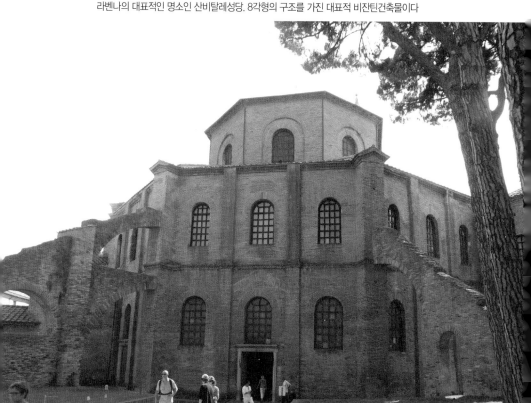

산비탈레성당의 화려한 모자이크장식

걸음을 옮기고 싶은 것이 사람의 심성이다. 그러나 리스크를 떠안는 모험, 즉 주사위를 던지는 리더나 선각자가 없다면 발전이 없다는 것을 역사가 가르쳐 주고 있다. 생각에 생각만 거듭하다가 세월만 보낸 경험을 우리 모두 가지고 있다. 영국의 극작가 버나드 쇼가 묘비

현재의 루비콘강 모습. 과거의 영화와 명성을 찾기가 어렵다

명에 새긴 글이 '우물쭈물 하다가 내 이럴줄 알았어'이다. 94세까지 산 극작가에게도 인생은 빨리 지나갔음을, 이루지 못한 꿈이 있었음을 암시하는 묘비명이다. 우물쭈물 하기에는 우리에게 주어진 인생은 짧기에 시간은 너무나 소중하다. 결단의 시기에 설 때 과감히 주사위를 던질 수 있는 용기를, 꿈을 향해 뚜벅 뚜벅 걸어가는 끈기를 가지도록 기도하면서 70여 미터 쯤 되보이는 루비콘강의 다리를 건너편까지 갔다가 돌아왔다.

모자이크의 도시 라벤나(Ravenna)

이탈리아 북부 볼로냐 동쪽 약70km 지점, 아드리아해 연안에 자리 잡은 도시. 로마시대에 아드리아해 북부 해역을 감시하는 로마 해군의 기지였으며, 비잔틴 제국 시대에는 동서교역의 중심지로서 경제적 번영을 누렸다.

산비탈레성당은 에클레시우스 대주교가 비탈레 성인이 순교한 곳에 건립한 성당으로 서기 548년에 완공되었다. 성당 내부의 천정과 벽을 장식한 화려한 모자이크가 유명하다. 대표적 비잔틴양식의 건축물인 산비

선미의 카페에서 아드리아해의 석양을 감상하는 크루즈승객들

탈레성당 뿐만 아니라 초기 기독교와 비잔틴 양식이 혼합된 역사적 건축물이 많은 라벤나는 모자이크의 도시로 불린다. 산비탈레성당을 비롯하여 유네스코 지정 세계문화유산이 8곳이나 된다.

　시내 중심가의 라벤나 포폴로 광장에는 라벤나의 수호성인 산타 폴리네와 산비탈레의 동상이 있다

　라벤나는 피렌체 출신의 시성 단테가 피렌체와 피사의 정쟁 와중에 피렌체로부터 추방된 뒤 여러 곳을 떠돌다가 말년에 정착하여 생을 마감한곳이다. 성프란체스코 성당의 옆에 단테의 묘가 있다.

수평선을 바라보며 마시는 커피의 향기는 평생을 간다.

★ 라벤나 기항지 관광 기타 추천 코스
* 라벤나 세계문화유산 둘러보기(패키지 통합 티켓 이용 권장)

오늘은 크루즈선 5층 상가에서 'Tag Heuer'시계 특별 판매 행사가 열렸다. 크루즈선의 상가에도 세계 유명 브랜드의 가방, 시계, 의류, 보석류, 액세서리 등을 판매하는 상점이 있으며 특정일에 특정 품목이나 브랜드 세일 행사를 하고 있다. 크루즈선에서는 선실 숙박과 같은 기본 매출과 기항지 관광 상품의 판매 수익 외에도 선내에서 이러한 상품 판매와 유료 시설 운영과 서비스 제공을 통해서 수익을 올리고 있다.

루비콘강 위의 다리. 왼쪽에 카이사르 동상이 서 있다.

30 황제와 시민이 함께 사는 도시, 스플리트

5일차

 >> 기항지 일정

8:00 하선. 텐더코트를 타고 스플리트 항에 도착
8:30 → 크르카국립공원 → 시베니크→
스플리트 시내 관광 → 17:30 크루즈선 승선

호수와 폭포로 유명한 크르카 국립공원

　스플리트항구에서 버스로 한시간 남짓한 거리에 위치한 크로아티아의 국립공원. 크르카강이 석회암지대를 지나면서 형성된 깊고 좁은 골짜기 속에 스크라딘스키 폭포와 비소바츠호수를 비롯한 아름다운 자연 환경이 크로아티아는 물론 해외 관광객이 자주 찾는 명소가 되었다. 스크라딘스키 폭포를 지나서 계곡 아래 강물 위로 만들어진 나무판 길을 따라 한 시간 정도 걸었다. 1895년에 크로아티아 최초의 수력발전소가 크르카강에 세워졌다.

100년에 걸쳐 지은 성야고보 대성당, 시베니크

크르카 국립공원에서 지척인 인구 5만의 작은 해안 도시 시베니크로
와서 해물파스타로 점심 식사 후 유네스코 세계문화유산인 성야고보성
당을 방문했다. 1431년~1535년에 걸쳐 지은 건축물로 고딕 양식에서

르네상스 양식으로 교회 건축 양식이 전환하는 시기의 특징을 잘 보여주
는데 외벽에 64명의 얼굴 조각상이 특징적이다. 104년에 걸쳐 3명의 건
축가에 의해 3단계로 건축이 이루어졌다.

황제와 시민이 함께 사는 휴양 도시, 스플리트

* 디오클레티아누스 황제 궁전

　스플리트를 대표하는 건축물. 3세기말 이곳 출신인 로마황제 디오클레
티아누스가 자신의 은퇴 후 지병인 류머티즘을 치료하고 여생을 보내고
자 만든 궁전으로 305년 은퇴 후 313년 사망하기까지 이곳에 머물렀다.
당초 4개의 성문과 16개의 탑이 있었으나 현재는 3개의 탑만 남아있다.

크르카 국립공원에서 여름휴가를 즐기는 모습

4세기에 세워진 도시가 현재까지 수도 역할을 하고 있는 역사적 배경으로 인해 디오클레티아누스 궁은 유네스코 세계문화유산으로 등재되었으며, 스플리트를 대표하는 유적이다. 다른 도시의 유적과는 달리 디오클레티아누스 궁전 터 안에는 현재에도 약 2천명의 시민이 살고 있고 스플리트에서 유명한 실내 쇼핑 거리도 있다. 황제와 시민이 공존하는 공간이다. 우리나라 경복궁 안에 서울 시민이 거주하고 있다고 상상해보라. 유고연방을 장기 집권한 요시프 티토는 독재자로 알려져 있는데, 세계문화유산으로 지정된 유적지 안에 거주하는 시민들을 쫓아내지 않고 그대로 살게 했다는 것이 쉽게 이해되지 않는 의문이다.

★ 스플리트 기항지 관광 기타 추천 코스
마리안 언덕(전망대)/ 브라체비체 해변/ 도시박물관

Tip

넥타이의 기원

17세기 이슬람세력의 오스만투르크 제국을 물리친 후에 프랑스를 중심으로한 서방 동맹국들의 승전 퍼레이드가 파리에서 열렸다. 행진에 참가한 크로아티아 병사들의 목에 맨 스카프가 프랑스의 루이 14세 황제의 눈에 띄게 되었는데, 황제는 스카프를 염두에 두고 무엇이냐고 물었는데, 시종장은 '크라바트' 즉 '크로아티아 병사'라고 대답을 했다. 전쟁에 나가는 크로아티아 군인들에게 아내나 애인들이 무사 귀환의 염원을 담아 목에 걸어주었다는 일화는 일종의 '사랑의 표징'이 되어 프랑스 귀족들을 중심으로 유행하기 시작했다. 지금도 프랑스에서는 넥타이를 크라바트라고 부른다.
프랑스에서 영국으로 전해진 크라바트는 목을 장식한다는 뜻에서 넥크로스(neckcloth)로 불리다가 1830년경부터 넥타이(necktie)란 용어가 사용되기 시작했다.

스크라딘스키 폭포(크르카국립공원내)

디오클레티아누스 궁전에 있는 성 돔니우스 대성당. 황제의 영묘가 있다.

시베니크에 있는 성 야고보 대성당. 1431~1535년에 건축되어 교회건축이 고딕양식에서 르네상스
양식으로 전환하는 시기를 잘 보여주는 성당으로 유네스코 세계문화유산이다.

❶ 르네상스 양식의 성당 외부 기둥에는 64명의 얼굴
조각상이 새겨져 있다.
❷ 성야고보 성당의 문에는 크로아티아와 세르비아
내전 당시의 총탄 흔적이 남아있다.

❶ 디오클레티아누스 지하궁을 나오면 만나는 열주 광장. 야외 공연이 자주 열린다.
❷ 디오클레티아누스 궁전의 외부

❶ 디오클레티우스 황제 당시의 궁전 모습을 나타내는 그림(지금의 모습으로는 상상할 수 없을 정도로 크고 화려하다)
❷ 열주 광장내의 포토 모델(로마병사)과 뒤편의 스핑크스가 중세의 흔적을 연상시킨다

❶ 디오클레티아누스 궁내의 황제 알현실. 천장의 둥근 원 위에 성 돔니우스 대성당의 탑이 보인다
❷ 바티간에다 크로아티아어로 미사를 할 수 있도록 정원했던 그레고리우스닌 주교의 동상.
　　만지면 소원을 들어준다는 전설로 인해 주교의 엄지발가락은 순례자들의 손길로 인해 반질반질해져 있다

❸ 크로아티아는 넥타이의 발상지이다
❹ 텐더보트가 접안하는 곳에 서비스데스크를 마련하고, 하선 및 귀선하는 승객들을 지원하는 셀레브
　　리티 실루엣호의 승무원들

31 아드리아해의 진주, 두브로브니크

>> 기항지 일정

9:00 하선. 두브로브니크 → 차브탓 → 두브로브니크 구시가지 투어 및 중식 → (유람선) 로크룸섬 → (유람선)두브로브니크, 구 시가지 추가 투어 → 17:00 크루즈선 승선

베스트 크로아티아, 차브탓(Chavtat)

두브로브니크에서 버스로 30분 거리에 위치한 크로아티아 제1의 휴양 도시. 차브탓 해안 둘레길을 한 시간 정도 걸었는데 여행 중의 피로와 마음의 조급함을 없애주는 평화롭고 아늑한 힐링 코스였다. 비취색의 바닷물이 너무나 맑고 깨끗하다. 소나무가 많아서 친숙한 느낌이 든다.

유럽인들이 두 번 찾는 두브로브니크(Dubrovnik)

영국 시인 바이런이 '아드리아 해의 진주'라고 불렀던 두브로브니크는 달마티아 해안에 자리한 항구도시로 이탈리아 베네치아와 경쟁을 벌였던 아드리아해안 유일의 해상무역 도시국가로 번성했다. 유럽 최고의 휴

바다의 선물! 크루즈여행 길라잡이

양지로서 유럽 사람들은 일생동안 두브로브니크를 두 번 방문 한다고 한다. 처음에는 육로로 왔다가 아침에 두브로브니크 해안가에서 바라보는 크루즈선에 매료되어 크루즈선을 타고 두브로브니크를 다시 방문하는 꿈을 꾸게 된다는 도시. 2013년 TV에 방영된 '꽃보다 누나'에서 두브로브니크가 소개되면서 그 후 지금까지 두브로브니크는 한국 해외 관광객 증가율 1위도시를 기록하고 있다. 우리 일행은 '꽃보다 누나' 팀보다 한 해 먼저 2012년에 크루즈선으로 방문하는 행운을 누렸다.

차브탓 관광을 마친 일행은 다시 두브르브니크로 돌아와 전망대가 있는 스르지산으로 가서 구시가지가 한눈에 보이는 포토존에서 사진을 찍었다. 눈앞에 펼쳐진 주황색 건물들이 마치 주황색 꽃의 정원처럼 펼쳐

크루즈선에서 바라본 두브로브니크. 도시 전체가 유네스코 문화유산이다.

져 있다. 부자연스럽게 돌출된 현대식 건물 없이 중세의 유적을 그대로 간직해온 것이 오늘날 관광객들이 몰려드는 결과를 가져왔다. 17세기의 대지진과 최근의 크로아티아-세르비아간 내전으로 도시의 상당 부분이 파괴되었는데 현대식 건물의 유혹을 물리치고, 옛날 모습으로 복원한 크로아티아인들의 지혜가 부럽다. 스르지산 언덕에서 두브로브니크의 숲을 본 일행은 나무를 보기 위해 구시가지 서쪽의 필레 게이트로 갔다.

12세기에서 17세기에 걸쳐 축조된 것으로 길이가 약2km인 성벽은 두브로브니크의 구시가지를 완벽하게 둘러싸고 있다. 성벽의 높이는 25m에 달하고, 두께도 최대 6m까지이고, 내륙 쪽으로는 해자를 둘러쌌으니 철옹성이라 부를만했지만, 외세의 침략으로부터 결정적으로 두브로브니크를 지켜낸 것은 두꺼운 성벽이 아니라 아드리아해를 장악한 해상무역

'아드리아해의 진주'로 불리는 두브로브니크의 구시가지. 2013년 '꽃보다 누나'여행지로 TV에 방영된 이후 두브로브니크는 한국인에게 가장 인기 있는 해외 여행지중 하나가 되었다.

의 상인들답게 뛰어난 외교술이었다. 15세기 오스만투르크제국이 침략할 때에는 먼저 화친을 청하고, 조공을 바치는 조건으로 자율권과 해상교역망을 계속 확보했고, 오히려 오스만제국내에서의 자유 무역을 보장받는 특혜까지 받아냈다. 이런 지도자들의 혜안이 있었기에 오늘날 성벽과 올드타운을 포함해서 발칸의 보석을 지켜냈다.

우리 일행은 성벽 서쪽의 필레 게이트를 통해서 반대편 동쪽의 플로체 게이트로 이어지는 프라차 대로(스트라둔 대로라고도 한다)를 따라가는 코스를 택했다. 필레 게이트의 출입 성벽에는 두브로브니크의 수호성인인 블라이세 성인의 석상이 있다. 성인의 손에는 수호성인답게 두브로브니크의 구시가지 모형이 얹어져 있다. 필레 게이트를 들어서면 바로 16면의 돔 형식으로 만든 오노프리오 분수를 만난다. 분수의 왼쪽 맞은편

'차브탓'은 크로아티아 제1의 휴양도시. 차브탓 항구에 'THE BEST in CROATIA' 표지판이 서 있다.

❶ 차브탓 해안가를 따라 이어진 둘레길. 소나무가 많아 친근감을 준다.
❷ 차브탓 해안의 수정같이 맑은 바닷물

두브로브니크 올드 포트 유람선 터미널 인근의 이탈리안 레스토랑에서의 점심식사. 기항지의 멋진 풍광과 함께 하는 점심 식사도 크루즈여행의 매력중 하나이다.

에는 프란체스코회 수도원과 박물관이 있다. 수도원 안에는 1317년 일반인에게 공개된 세계에서 가장 오래된 약국이 있다. 한국 관광객이 즐겨 찾는 곳으로 장미수분크림이 인기가 있다.

프라차 대로가 끝나는 곳이 루자 광장인데 광장을 중심으로 종탑과 스폰자궁, 성블라이세 성당, 렉터궁전을 볼 수 있다. 렉터 궁전 앞에는 크로아티아의 셰익스피어로 불리는 극작가 마린 드르직의 좌상이 있는데 목 부분에 크로아티아-세르비아 내전 당시 맞은 총탄의 흔적이 있었다. 시가지 안에는 내전 당시의 파괴된 건물의 일부를 파괴된 채로 남겨 두어 당시의 역사를 알리고 있었다. 크로아티아 현지 가이드의 안내로 전쟁 기념관을 방문하여 그 당시의 아픈 역사를 보았다. 희생된 사람의 이름과 사진, 그리고 무차별 폭격으로 파괴된 시가지의 사진 등이 전시되어 있었다. 한글로 희생자의 명복을 비는 방명록을 남겼다.

렉터 궁전 인근에 두브로브니크 대성당이 자리 잡고 있다. 성모승천 성당으로 불리어지기도 하는데, 성당 내에 티티아노가 그린 '파란 띠를 두른 성모의 승천'을 나타내는 그림이 있기 때문에 붙여진 이름이다. 가이드의 설명에 따르면, 12세기 십자군 원정에 나섰던 영국의 사자왕 리처드 왕이 아드리아해에서 조난을 당하여 두브르브니크앞 바다의 로크룸섬에서 구조를 받아 목숨을 건졌는데 목숨을 건지게 해준 하느님에게 봉헌한 성당이 바로 성모승천 성당이다.

두브로브니크 대성당을 방문한 후에 동쪽의 플로체 게이트를 나와 유람선 선착장이 있는 올드 포트 부두에 접한 이탈리안 레스토랑에서 점심식사. 식사후 페리선을 타고 로크룸섬으로 이동했다.

로크룸섬 해안의 호수로 사해(Dead Sea)라고 불리는 곳

두브로브니크 구시가지 해안. 오른쪽 종탑 건물이 도미니꼬 수도원이다

두브로브니크를 전망할 수 있는 섬, 로크룸(Lokrum)섬

두브로브니크 올드 포트에서 로크룸섬까지는 페리선으로 20여분 거리. 로크룸은 '새콤한 과일'이란 뜻의 라틴어 마쿠루멘에서 유래되었다. 12세기에 지어진 베네딕도 수도원과 합스부르크 왕가에서 만든 식물원을 방문했다. 식물원에는 유럽, 미국, 남미 등지에서 들여온 500여종의 나무와 꽃들을 볼 수 있다. 섬을 가득 채운 산림은 해수욕이 아니라도 휴양하기에 좋은 환경이다. 해안에는 해수욕을 즐기는 피서객들이 많았는데, 해변에는 모래사장은 없고 바위로 덮여 있다. 로크룸섬에는 누드비

두브로브니크 구시가지 성벽 서쪽 해안의 보카르 성루

치가 있다고 소문으로 들었지만 해변의 몇 군데 해수욕장에서 만나는 사람 모두 수영복을 입고 있었다. 우리 일행도 아드리아 해에 발을 담가 보았다. 남자 회원 중 몇 분은 아드리아 해에 온 기념으로 수영을 했다.

오늘 하루 기항지 관광에 허용된 8시간 중 차브탓과 로크룸섬 방문을 하다보니, 2시간쯤 소요되는 두브로브니크의 구시가지 성벽 일주 투어는 하지 못한 것이 아쉬움으로 남는다. 그래도 발칸 반도에서 가장 인기 있다는 두브로브니크를 크루즈선에서, 스르지산 언덕에서, 건너편 로크룸섬에서 여러 각도로 눈에 담아가는 보람을 안고 크루즈선으로 귀선했다.

바다의 선물! 크루즈여행 길라잡이

두브로브니크 구시가지 서쪽의 필레게이트. 문위의 성벽에 두브로브니크의 수호성인인 성블라이세의 입상이 보인다. 성인이 손에 쥐고 있는 것은 두브로브니크의 시가지모형이다

★ 두브로브니크 기항지 관광 기타 추천 코스

- 반제 해변과 성 야코브 해변/ 스르지 전망대 케이블카 투어
- 도미니꼬 수도원과 박물관
- 구시가지 부자카페(꽃보다 누나 촬영팀이 방문한 곳) 및 돌체비타
  (젤라또 아이스 크림 가게)

차브탓항에 위치한 최고급 호텔과 요트 계류장

로크룸섬의 베네딕도수도원

❶ 두브로브니크 구시가지에서 가장 변화한 플리차 대로. 사진 왼쪽이 프란체스코 수도원이고, 오른 쪽의 원형돔이 오노프리오 분수이다

❷ 1991년 크로아티아와 세르비아 내전의 흔적을 간직하고 있는 건물. 당시 세르비아군의 무차별 공 격으로 도시 대부분이 파괴되었다

❶ 두브로브니크 대성당. 티티아노의 성모승천 그림이 있어서 성모승천성당으로도 불린다
❷ 렉터궁전. 1441년 나폴리의 건축가 오노프리오 지오다노 카바에 의해 완공된 건물로 1층은
   르네상스 양식, 2층은 고딕양식으로 지어졌다

32 9천년의 역사, 마테라 (이탈리아)

7일차

>> 기항지 일정

9:00 하선. 바리항 → 마테라 → 바리. 시내 관광 → 16:30 크루즈선 승선

석기시대와 현재가 공존하는 곳, 마테라(Matera)

바리항에서 버스로 1시간30분 소요되는 곳. 해발 430m의 아펜니노 산맥의 깊은 계곡에 자리한 곳으로 9천년 전의 석기시대 유물이 발굴된 곳이다. 구시가지와 신시가지로 나뉘는데 구시가지는 좁은 돌계단으로 경사면의 주거지들이 연결되어 있다. 석회암 바위를 파고 들어가 만든 동굴 형태의 유적지에는 과거의 유물이 잘 보존되어 있다. 주방, 침대, 농기구, 말구유 등을 볼 수 있다. 구시대에는 가축과 사람이 같은 공간에서 생활했음을 보여준다. 세 개의 협곡을 무대로 영화 'Passion of Christ'가 촬영되었고, 2016년에 새로 개봉한 영화 '벤허'도 이곳에서 촬영했다. 현대식 건물이 없어서 초기 그리스도교 시대의 영화를 찍기에 안성맞춤이었다.

은수 수도자들이 은거하면서 기도하던 동굴을 방문했다. 사막과 깊은 계곡의 동굴에서 기도로 평생을 바친 은수자들의 전통은 지금도 봉쇄수

바다의 선물! 크루즈여행 길라잡이

도원에서 이어지고 있다. 많은 사람들이 세속의 일상에 바빠서 기도할 시간이 없을 때에도 이런 은수자들이 이미 세상을 떠난 사람들의 영혼과 현세를 사는 사람들의 구원을 위한 기도가 대신 바쳐지고 있다는 사실에 겸손과 감사의 마음을 갖게 된다.

이탈리아의 아킬레스건, 바리(Bari)

이탈리아 남부 폴리아주의 주도이다. 발칸반도와 중동을 잇는 해상무역의 중심지로 바리 항에서 아드리아해, 흑해, 지중해로 통하는 정기선이 운항되고 있다. 크로아티아 두브로브니크와 그리스의 파트라스항과 배로 연결된다. 바리는 한때 '이탈리아의 아킬레스건'이라는 별명이 있

바리항구(이탈리아). 아드리아해, 흑해, 지중해로 정기선이 운항되며 예부터 발칸반도와 중동을 잇는 해상무역의 중심지였으며, 이탈리아 지도에서 장화 뒷굽에 해당하는 폴리아주의 주도이다

마테라. 9천년의 역사를 지닌 유적지로 영화 'Passion of Christ'의 촬영지로 유명하다. 세 개의 협곡을 바라보는 언덕에 자리한 마테라는 바위를 파고 석회암 바위를 파고 들어간 동굴 형태의 혈거에서 고대인이 생활한 유적지이다.

었는데, 장화 모양의 이탈리아 지도에서 발꿈치 부분에 해당하는 곳이 바리의 위치이기 때문이다. 공업이 발달한 이탈리아 북부 덕분에 더불어 먹고 사는 경제가 낙후된 이탈리아 남부를 비꼬는 말이기도 하다.

기원전 1,500년부터 정착이 시작된 오랜 역사를 가진 도시. 바리는 신시가지와 구시가지로 나뉘어진다. 구시가지의 중세 유적을 방문했다.

* 산사비노 성당

지하의 모자이크 장식이 유명하며, 콜롬바 성녀의 미라가 안치되어 있다.

* 산니콜라 성당

바리의 수호성인인 성니콜라우스의 유해를 보관하기 위해 1087년에 건립된 성당.4세기에 터키 데므라에 있는 미라(Myra)의 주교였던 성인은 평생을 어린이들과 가난한 사람들을 위해 헌신했고, 많은 기적을 일으켰다. 어린이를 좋아해서 산타 클로스의 실세 노넬로도 알려져 있는네 동방정교회의 지도급 주교이면서 삼위일체의 교리를 정리하는데 기여했다. 사후에 그가 주교로 있었던 미라 성당에 안치되었다. 1087년 바리인들이 상인으로 위장해 산 니콜라의 유해를 훔쳐 바리로 가져와 바리의 수호성인으로 선포하고, 봉헌한 것이 산니콜라 성당이다. 이러한 역사로 인해 산니콜라 성인은 로마 가톨릭교회와 동방정교회 모두로부터 추앙을 받고 있다. 성당의 제단도 1층은 로마카톨릭 교회의 미사를, 지하성당에서는 동방정교회에서 미사를 할 수 있다. 우리가 방문했을 때에는 동방정교회국가인 그루지아 공화국에서 성지순례를 온 고등학교 학생들이 성당앞 마당에서 그루지아 민속춤 공연을 하고 있었다.

어떤 국가나 도시나 조직이건 구성원들의 마음을 한군데 모으는 아이콘이 필요하다. 그 아이콘이 자신들을 보호한다고 믿는데서 혼란한 일상

❶ 마테라 시티투어버스 ❷ 마테라 시내 거리의 화가 작품들

에서 마음의 평화를 얻고 살아가는 용기를 얻는 것이다. 기독교가 지배한 중세에서 주요 도시들은 주로 순교 성인이나 기적을 많이 행한 성인들을 자신들의 수호성인으로 모시고 해마다 축제를 벌이고 했다. 그래서 9세기에 베네치아 상인들이 이집트 알렉산드리아에 묻힌 마르꼬 성인의 유해를 몰래 훔쳐와서 베네치아 공화국의 수호성인으로 삼았듯이 바리도 터키에서 니콜라 성인을 모셔온 것이다. 인생의 여정에서 나는 누구에게 보호나 자비를 빌고 있는지? 또는 나는 다른 사람에게 든든한 보호자가 되어 주고 있는지? 9천년의 역사가 묻어 있는 현장을 떠나면서 뭉게구름이 핀 청명한 하늘을 쳐다보았다.

★ 바리 기항지 관광 기타 추천 코스 (인근 소도시)
 • 알벨로벨로(세계문화유산)
 • 트라니(산타루치아 항구, 트라니 대성당)
 • 타란토(아라곤성)

마테라의 고대 생활상을 보여주는 동굴내 유적으로 사람과 가축이 함께 기거했음을 알 수 있다

마테라 신시가지의 주거지역 모습

❶ 초기 그리스도교 시절 은수 수도자들이 기도하던 동굴
❷ 마테라성당
❸ 바리 시내 모습
❹ 산사비노성당. 6세기경 비잔틴 시대에 건축된
　 바리의 주교좌성당

❶ 골롬바성녀의 미라, 산사비노 성당 지하에 안치되어 있다
❷ 산사비노성당의 지하 모자이크
❸ 바리의 수호성인인 산 니콜라의 유해를 모신 산니콜라성당
❹ 산니콜라 성당앞 광장에서 민속공연을 준비중인 학생들
    (동방정교회 국가인 그루지아공화국에서 성지순례를 왔다)

니콜라 성인의 동상. 산타클로스의 모델로 전해지는 니콜라주교성인은 일생동안 가
난한 사람과 어린이를 돌보는데 힘썼다. 왼손의 성서와 황금덩어리 3개는 영향력
있는 주교이자 학자로서 삼위일체의 교리를 완성하는데 기여한 것을 상징한다.

33 '검은산'의 나라, 몬테네그로

8일차

 **》기항지 일정**

9:00 하선, 코토르항 → 체티네 → 스베티스테판섬 → 부드바 → 코토르,
17:30 크루즈선 승선
* 크루즈선은 코토르만에 정박하고 텐더보트를 타고 코토르 부두로 이동.

몬테네그로(Montenegro)

발칸반도의 남서부에 위치한 국가로 면적 13,812㎢, 인구 65만명의 작은 나라. 1946년 구 유고연방으로 편입되었고, 1992년 유고 해체 시 세르비아-몬테네그로 신유고 연방을 결성했다가 2006년 신유고 연방으로부터 독립했다. 수도는 포드고리차.

몬테네그로는 이탈리아어로 '검은산'이란 뜻이다. 코토르만을 둘러싸고 있는 산들중 검은 석회암이 유명한 로브첸 산에서 유래되었다. 코토르항에 내리면 코토르만을 좌우로 둘러싸고 있는 바위산인 로브첸산의 위용이 마치 서울의 주산인 북한산처럼 코토르만을 압도하는 느낌을 받는다.

크루즈선에서 바라보는 코토르 항. 뒤에 솟아있는 석회암산이 이색적이다. 몬테네그로 국명은 '검은 산'이란 뜻에서 유래되었다.

체티네(Cetine)

코토르에서 50km 떨어진 체티네 까지는 꼬불꼬불한 1차선 산악도로를 넘어서 간다. 산 위에서 바라보면 코토르 만의 절경이 눈앞에 펼쳐진다. 도중에 내려서 포토존에서 코토르만을 배경으로 사진을 찍는 것이 필수코스다. 15세기에 세워진 역사도시로서 1918년 세르비아에 합병되기까지 몬테네그로 왕국의 수도였다. 현재도 몬테네그로의 대통령궁은 수도인 포드고리차가 아닌 체티네에 있다. 인구 1만6천의 작은 도시이지만 문화적, 종교적으로 몬테네그로에서 가장 중요한 위치에 있다.

독립국으로서 마지막 황제였던 니콜라1세의 황궁을 방문했는데 이탈리아나 프랑스에서 보는 대규모의 궁전이 아니라 외관이나 실내도 방수

코토르에서 체티네로 넘어가는 도중 로브첸 산에서 내려다본 코토르 만. 우리가 타고 온 크루즈선이 바다 가운데 보인다. 코토르 만은 지중해에서 가장 아름다운 해변중의 하나로 손꼽히는 곳이다.

가 많은 귀족의 저택 같은 분위기를 준다. 8남2녀를 거느렸던 니콜라황제의 생활상이 보존되어 있다.

체티네에서 부드바로 가는 도중에 만나게 되는 스베티스테판 섬은 소피아 로렌, 클라우디아 쉬퍼 등 유명 배우가 자주 찾았던 휴양지로 밀물 때면 섬이 되는 곳이었으나 지금은 육지와 연결되어 있다.

부드바(Budva)

체티네에서 약 30km의 구릉지대를 지나면 만나게 되는 휴양도시. 1월

체티네에 있는 니콜라세의 황제궁.
외관은 평범한 저택 분위기를 풍긴다

평균 기온 8 ℃, 7월 평균 기온 24 ℃인 지중해성 기후를 나타내는 몬테네그로 관광산업의 중심도시이다. 해변에 요트장과 해수욕장, 그리고 각종 레스토랑이 자리 잡고 있다. 대부분의 건축물은 베네치아 양식으로 지어졌다.

부드반스카 리비예라 해변의 식당에서 점심 식사를 한 후에 구시가지를 둘러보았다.

코토르(Kotor)

아드리아 해에서 가장 아름다운 해변으로 꼽히는 코토르 만에 위치한 도시로 중세의 유적이 잘 보존되어 유네스코 세계문화유산으로 지정되었다. 베네치아 공화국의 오랜 통치를 받아 도시 곳곳에 베네치아 풍의 건축물들이 많다. 1166년에 건립된 성 트뤼폰(St. Tryphon) 성당, 성니콜라 성당 등을 방문했다.

★ 코토르 기항지 관광 기타 코스 (인근 소도시)
페라스트(아름다운 2개의 섬 – 조지섬과 성모의 섬)

니콜라 황제궁 내부의 모습

체티네의 현지 노점상 할아버지와 함께

PIZZERIA

2009

809

코토르의 성 트리폰 성당.
1166년에 건립되었다

동화처럼 아름다운 스베티스테판 섬. 체티네에서 부드바로 가는
도중에 만난다. 소피아 로렌 등 유명 연예인들이 즐겨 찾던 휴양지였다

몬테네그로 관광산업의 중심도시인 부드바 해변

여행은 한자리에 계속 머물러 있으면 볼 수 없는
시각을 일깨워 주고 몸과 영혼에 신선한
영양분을 공급해 준다. 나와 다른 사람에 대한
차별이 아니라 차이의 존중을 가르쳐 준다.

부드바 해변에는 각종 호텔 등 휴양, 리조트 시설이 많다

바다의 선물! 크루즈여행 길라잡이

34 요한 기사단의 나라, 몰타

 >> 기항지 일정

8:30 하선. 발레타항 → 임디나 → 발레타. 시내 관광 16:00 크루즈선 승선

몰타(Malta)

이탈리아반도 남방 시칠리아 섬 남쪽에 있는 도서 국가. 1530년 성요한 기사단의 군대가 몰타섬을 발견한 후 2세기 반 넘게 요한기사단(몰타기사단)의 영유지로 있다가 1798년 프랑스의 나폴레옹에게 점령되었고, 그 후 나폴레옹이 영국에 패하면서 영국이 점령했다. 1814년 영국영토로 편입되었고, 1964년 독립 후에도 영국연방의 일원으로 남아있다. 면적 316㎢, 인구 41만명.

발레타(Valleta)

몰타의 수도로 1565년 이슬람 세력인 투르크를 격퇴한 기사단의 리더인 장 파리소 드 발레트(Jean Parisot de Valette)에서 도시의 이름이 유래되

었다. 1,2차 세계대전중 영국 지중해 함대의 근거지였다. 세계문화유산으로 지정된 발레타는 도시 전체가 성벽과 보루로 둘러싸여 있다. 16세기 터키의 공격을 격퇴한 후에 이탈리아 건축가 프란체스코 라파렐리의 설계에 따라 바둑판 모양으로 도시계획이 이루어졌으며, 중세로부터 내려온 건축물이 잘 보존되어 역사보존의 모범도시라는 평판을 받고 있다.

높은 지대에 자리 잡아 과거 군사 요새로 이용했던 바카라공원에서 발레타 전역을 조망할 수 있다.

1573년에 요한 기사단에 의해 건축된 성 요한 대성당은 지하에 기사단의 무덤이 있으며, 마티아 프레티가 그린 '세례요한의 일생'과 미켈란젤로 카라바죠가 그린 '세례 요한의 참수' 그림이 유명하다. 사진 촬영이 엄격하게 금지되어 있다. 시내 상점가에는 몰타기사단을 기념하는 상품들이 많이 진열되어 있다.

임디나(Mdina)

몰타 섬 중앙에 자리잡은 중세 도시. 로마로 끌려가던 바오로 사도가 난파를 당해서 3개월간 머물렀던 곳. 몰타에서는 이를 기념해서 매년 2

월10일 '성바오로 난파 축제'를 벌인다. 피아차 광장과 성바오로 성당을 중심으로 유서 깊은 건물과 도로가 이어져 있다. 몰타의 상류층이 거주하며, 중세에 지은

코끼리열차를 타고 임디나 시내를 관광했다

궁전들이 대부분 개인 주택으로 사용되고 있다. 서민들은 임디나의 외곽 도시인 라밧에 몰려 있다.

인적이 드문 주거지역을 코끼리 열차를 타고 관광했다.

여행 중 촬영한 사진 관리 요령

파리의 에펠탑이나 로마의 바티칸 베드로대성당을 찍은 사진은 나중에 언제든지 알아볼 수 있다. 하지만 유럽의 많은 도시에서 자주 방문하는 성당의 경우 중세의 건축양식이 비슷하고 내부의 천정화나 그림, 조각도 유사하거나 예수, 성모 마리아 등 대상물도 같은 경우가 많아서 정확한 이름을 찾아내기가 쉽지 않다. 광장 주변에 집중적으로 위치한 유명 건물의 경우에도 분별하기가 어려운 때가 많다. 이러한 혼란을 예방하고 나중에 사진 파일을 정확히 정리하기 위해서 그동안 필자가 실천해온 방법을 참고로 제시한다.

1) 아침에 관광을 시작하기 전에 백지에다 '0000년 00월 00일. 도시명'을 적어서 사진 촬영을 한다. 함께 연속되어 저장된 사진 파일에서 촬영 일자와 도시를 구분할 수 있다.
2) 수첩이나 작은 노트를 늘 휴대하면서, 촬영한 대상물의 위치나 특징 등을 스케치 하거나 메모해 놓는다.
3) 관광 상품점에서 판매하는 사진엽서를 구입한다. 사진엽서는 대개 가격이 저렴하고 그 도시의 대표적인 풍경이나 건물을 배경으로 제작되어 있다. 특히 소도시의 경우에는 과거의 기억과 추억을 되살리는데 매우 유용하다.
4) 도록이나 사진첩을 구입한다.
5) 관광안내 책자나 지도 등을 보관해둔다.
6) 노트북을 가지고 있거나 스마트폰의 경우 그날 그날 사진파일을 분류해서 정리 해둔다.
7) 여행 출발 전에 방문 대상지의 정보나 사진을 연구해서 현지에서는 확인 및 복습을 하는 습관을 가진다.

❶ 크루즈선과 조우한 발레타. 몰타공화국의 수도이다
❷ 하선하기 전 아침 시간에 브릿지 투어를 했다. 브릿지는 배를 조종하는 시설로 크루즈선의 선수에
   위치하는데, 항해사로부터 설명을 듣고 있다

임디나의 성바오로 성당

❶ 임디나 시내 관광
❷ 임디나 교외지역의 모습. '고요한 도시(Silent City)'로 불리는 임디나는
　몰타 섬 중앙의 구릉지대에 위치한 성채도시이다

❷

❶ UPPER BARRAKKA GARDEN에서 바라본 발레타 전경. 발레타 전역을 조망할 수 있는 곳으로, 과거 몰타기사단의 요새였으나 지금은 공원으로 이용된다
❷ 발레타 해안의 시가지. 잦은 외침으로 도시 전체가 성벽과 보루로 둘러싸여 있다

UPPER BARRAKKA GARDEN의 중앙분수대

❶ 발레타의 성요한 대성당. 건물 중앙 꼭대기에
　 기사단의 상징물이 보인다
❷ 발레타 시내 기념품 상점에는 몰타기사단을
　 상징하는 물건들이 많다

바다의 선물! 크루즈여행 길라잡이

35 시칠리아를 대표하는 역사의 현장, **시라쿠사**

11일차

>> 기항지 일정

9:00 하선. 카타니아(시칠리아)항 → 시라쿠사 → 카타니아. 시내관광
16:00 크루즈선 승선

아르키메데스의 고향, 시라쿠사 (Siracusa)

기원전 7세기경 그리스인들이 시칠리아로 넘어와 새로운 국가를 건설하여 제2의 그리스로 만들었다. 특히 시라쿠사는 전성기의 아테네와 스파르타와 견줄 만큼 번영을 누렸다. 그리스, 로마 시대의 유적이 많은 관광 도시이며 사도 바오로가 로마로 재판을 받기 위해 가던 도중에 그리스도교를 전파한 곳이다. 카타니아에서 버스로 1시간 소요.

고대 그리스의 유명한 수학자이자 물리학자인 아르키메데스가 바로 시라쿠사 출신이다. 그가 목욕탕에서 '유레카'를 외치며 금관이 가짜임을 발견해낸 일화가 유명하다. 아르키메데스는 수학과 기하학을 접목시켜 실용에 응용한 과학자였다. 기원전 211년 로마의 공격을 받았을 때 막강한 로마군을 1년이나 버티며 항전을 할 수 있었던 것은 시라쿠사의 군대보다도 지렛대의 원리를 응용한 투석기, 기중기 등 신형 무기를 개발해 로마군을 괴롭힌 아르키메데스가 있었기 때문이다.

유네스코 세계문화유산으로 지정된 암석묘지는 기원전 13세기에서 기원전 7세기 사이에 형성된 것으로 거대한 암석표면을 쪼아 구멍을 내어 시신을 안치한 무덤으로 그 수가 5천개가 넘는다.

암석묘지 외 원형극장, 디오니소스의 귀 동굴, 시라쿠사 대성당, 아폴로 신전 터, 아르키메데스 광장 등을 방문했다. 산 언덕에 자리잡은 시라쿠사의 그리스극장은 반원형의 그리스양식으로 지어졌다. 로마식은 극장이 원형이다. 멀리 바다가 보이는 언덕에다 극장을 만든 것은 유사시에 바다를 통해 적이 침입하는 것을 살피기 위해서라는 가이드의 설명이었다.

시라쿠사에 도착해서 버스 휴게소에서 ID카드인 SesPass Card를 분실했다. 화장실과 편의점을 오가는 중에 분실한 것 같은데 다시 돌아가 보았으나 찾지를 못했다. 승.하선시 체크는 물론 선내에서 선실 출입과 결제에 쓰이는 중요한 카드이다. 오후에 크루즈선으로 돌아가 검색대 직원에게 자초지종을 말했다. 직원이 처음엔 심각한 표정으로, 조금 뒤엔 유머스런 표정으로 나에게 물었다.

"꼭 배로 돌아오고 싶은가요? (Are you really want to take ship?)"

"물론이죠! (Absolutely! Thank you.)"

조금 기다리니 재발급을 해주었다. 혹시 크루즈여행 중에 ID카드를 분실하는 사고가 발생하면 고객데스크(Guest Relation Desk)에 신고하고 재발급을 받으면 된다.

빈첸초 벨리니의 고향, 카타니아(Catania)

시칠리아 섬 동남부에 위치한 시칠리아 주 제2의 도시. 시칠리아 주제1의 도시인 팔레르모와 메시나, 시라쿠사와 철도로 연결된다. 아름다운 해변을 가진 겨울 휴양지로 유명하다.

로마제국시대에 순교한 아가타 성녀가 카타니아의 수호성인이다. 성 아가타 대성당과 우르시노 성 그리고 시내관광을 하였다.

19세기에 로시니, 도니체티와 함께 '벨칸토 오페라의 거장'으로 불리는 이탈리아 작곡가 '빈첸초 벨리니'가 카타니아 출신이다. 그의 대표작 중 하나인 '노르마'는 세기의 소프라노 마리아 칼라스가 가장 사랑한 배역으로 알려져 있다. 칼라스는 벨칸토 창법을 '목소리를 악기처럼 최대한도로 활용하고 제어하는 기법'이라고 설명했다.

★ 카타니아 기항지 관광 기타 추천 코스(인근 도시)
아그리젠토(그리스 신전을 비롯한 고고학적 유적지 도시)

카타니아 항의 전경, 시칠리아주 제2의 도시다

❶ 시라쿠사의 절벽지대 암석묘지 유적지로 유네스코 세계문화유산이다.
  무덤의 수가 5천여 개이다

❷ 시라쿠사의 그리스 극장. 기원전 5세기 시라쿠사 전성기에 경사진 바위를 깎아 만든 반원형극장이다.
  멀리 바다가 내려다보인다

'디오니시오스의 귀'라는 별명이 붙은 동굴.
시라쿠사의 폭군 디오니소스가 이곳을 감
옥으로 사용했다.

❶ 시라쿠사 대성당. 기원전 5세기 아테나신전이 있던 터에다 7세기에 처음 지었고,
  17세기 지진으로 개축을 했는데, 기둥의 일부는 신전의 유적이다
❷ 시라쿠사 시내의 건물. 외벽의 인물 디자인이 특이하다
❸ 아르키메데스 광장. '유레카'로 유명한 아르키메데스는 시라쿠사 출신이다

❶ 카타니아 시내 모습
❷ 카타니아 시내의 기념품가게. 티셔츠의 말론 브란도 초상이 이곳이 영화 '대부'의 고장 시칠리아임을 알려준다
❸ 카타니아의 수호성인인 아카타 성녀를 봉헌한 성 아카타 대성당

아카타 성녀의 동상

❶ 칼을 든 바오로 사도의 동상
❷ 카타니아의 중심인 중앙 광장.
　코끼리동상이 유명하다

36 지중해의 축복을 가득 안은 도시, **나폴리**

 **기항지 일정**

7:30 하선. 나폴리. 시내관광.(버스) → 소렌토 → (유람선) 카프리 섬 → (유람선) 나폴리.
시내 쇼핑 18:10 크루즈선 승선

세계 3대 미항, 나폴리(Napoli)

기원전 7세기 고대 그리스인들이 시칠리아를 거쳐 사람이 살기 좋은
기후를 가진 곳을 찾다가 정착한 곳이 나폴리다. 나폴리란 이름도 '새도
시'를 뜻하는 'Neapolis'에서 유래했다. 1년 내내 햇살이 비치고 최저 평
균 기온이 8℃ 이하로 내려가지 않아 이탈리아의 도시 중에서 가장 좋은
기후 조건을 갖추고 있다. 풍부한 일조량과 건조한 지중해의 바람은 이
탈리아 최대의 토마토 재배지인 나폴리가 파스타를 이탈리아를 대표하
는 국민 음식으로 자리매김하는데 결정적으로 기여했다.

플레비쉬토 광장과 주변에 위치한 산카를로 극장, 레알레 궁전과 누오
보 성을 방문했다. 이탈리아 3대 오페라극장에서 오페라를 관람하는 버
킷리스트는 이번 여행에서도 풀지 못한 숙제로 남기고 나폴리를 떠났다.

노래 하나로 유명해진 소렌토(Sorrento)

나폴리 만 연안에 위치한 휴양도시로 가곡 '돌아오라 소렌토로'로 잘 알려진 도시. 1902년 에르네스트 데 쿠르티스가 작곡한 이곡은 작은 어항이었던 소렌토를 유명하게 만들었다. 나폴리를 출발한 버스는 소렌토 시내로 들어가기 전에 소렌토 해변의 절경을 조망할 수 있는 산길 언덕 위에 있는 포토 존에서 멈추었다. 해안과 절벽으로 이어진 소렌토의 전체 얼굴을 내려다 볼 수 있는 곳이다. 나폴리에서 소렌토 까지 버스로 2시간 20분 소요. 소렌토 시내 관광 후 여객선 터미널로 이동했다.

세계 3대 미항이라는 나폴리, 소렌토, 카프리를 보면서 느끼는 것은, 이탈리아처럼 삼면이 바다로 둘러싸인 우리나라의 남해 다도해나 한려수도도 나폴리만에 결코 뒤지지 않는 절경이라는 사실이다. 이탈

❶ 나폴리의 중심인 프레비쉬토 광장
❷ 세계3대 미항의 하나인 나폴리 항구. 크고 작은 크루즈선들이 정박해있다

❷

리아를 비롯해 지중해의 여러 해안도시를 다닐때마다 부러운 것은 자연과 잘 어울리는 주황색의 기와에 흰색 페인트로 벽을 단장한 예쁜 집들이다. 우리나라를 대표하는 항구 부산의 경우에 해운대라는 천혜의 관광명소를 앞에 둔 해운대 달맞이 고개가 고층 아파트로 스카이라인을 망쳐버리는 등 자연의 흐름이나 미관과 동떨어진 난개발이 얼마나 어리석은 투자인지를 외국에 와서 더욱 절실히 알게 된다. 나폴리에 정박한 크루즈선의 승객이 소렌토, 카프리, 아말피 등 인근의 명소로 관광 코스를 잡듯이 부산도 해운대, 거제도(해금강), 동부산관광단지, 경주 등을 포함한 관광코스가 완비된다면, 나폴리 못지 않은 국제크루즈선의 기항지로 각광받을 수 있는 가능성을 지니고 있다. 물론 '돌아오라 소렌토로'와 같은 멋진 노래가 생겨서 세계적으로 알려지게 된다면 금상첨화일 것이다. 개인적으로는 조용필의 '돌아와요 부산항에'도 좋은 곡이긴 하다만.

로마 귀족들의 휴양지, 카프리(Capri)

나폴리에서 남쪽으로 32km 떨어진 섬으로 소렌토와 함께 관광 휴양도시이다. 로마시대 귀족들이 은퇴 후 여생을 보냈던 곳으로 유명하다.

소렌토에서 카프리 섬까지 배로 40여분 거리. 카프리의 좁은 도로를 따라 시내 관광을 한 후에 안나카프리로 이동. 1인승 리프트카를 타고 섬 정상으로 올라갔다. 리프트카에서 내려다보는 카프리 섬 전경과 해안이 그림처럼 아름답다. 카프리에서 다시 배를 타고 나폴리로 이동하여 (50분 소요) 나폴리 시내 관광 후 크루즈선으로 귀선.

★ 나폴리 기항지 관광 기타 추천 코스
폼페이, 아말피 해안

나폴리의 산카를로 오페라극장. 1737년에 개장된
이탈리아 3대 오페라극장의 하나이다

나폴리의 상징인 누오보성. 13세기에 건축되어 왕궁과 요새로 쓰
였으며, 나폴레옹이 나폴리를 침공했을 때 이곳에서 머물렀다.

Tip

나폴리와 파스타

지중해 지역 특히 이탈리아를 여행할 때 가장 쉽게 접하는 음식이 파스타이며, 크
루즈선내에서도 다양한 종류의 파스타를 맛볼 수 있는 기회가 많다.

이라비아 상인들이 밀가루 반죽이 상하지 않게 길고 얇은 모양이 국수 형태로 말
려서 사막을 건너면서 식용으로 사용한 것이 파스타가 탄생한 배경이다. 11세기경
아라비아에서 밀의 곡창지대인 시칠리아로 전해진 파스타는 나폴리에서 비로소
꽃을 피우는데 바로 나폴리의 기후적 조건과 토마토 때문이다. 연중 햇살이 비치
는 나폴리는 파스타 건조에 유리하며 이탈리아 최대의 토마토 생산지로서 나폴리
에서 개발한 토마토 소스로 만든 파스타가 서민들의 입맛을 사로잡으면서 이탈리
아의 대표적 국민 음식으로 자리를 잡는다. 나폴리 베수비오 화산 지역에서 생산
되는 산 마르자노 토마토는 토마토의 왕으로 불리우며 토마토 소스로 가장 인기
가 있다.

파스타(pasta)의 어원은 이탈리아어 반죽(paste)에서 유래되었다. 이탈리아 파스
타 요리의 이름은 '파스타의 종류+음식재료 혹은 소스종류'로 붙여진다. 예를 들
면 스파게티 알레 봉골레(Spaghetti alle Vongole)는 모시조개(Vongole)로 만든 스
파게티 즉 국수 모양의 파스타를 말한다. 파스타와 스파게티를 혼용해서 쓰기도
하지만, 스파게티는 300여 가지에 달하는 파스타의 한 종류로 보면 된다.

❶ 나폴리의 레알레 궁전. 1602년에 완공된 부르봉 왕조의 궁전으로 현재는 국립도서관으로 이용 중이다
❷ 소렌토 해안의 절경. 나폴리에서 소렌토로 이어지는 산길 도로의 포토 존에서 찍은 사진.
나폴리 만의 작은 어항이자 휴양지인 소렌토는 가곡 '돌아오라 소렌토로'로 유명해졌다

❶ 카프리의 해변 풍경
❷ 카프리 섬 정상에서 내려다본 카프리 시내. 바다 건너 소렌토가 보인다

❷

❶ 카프리 해안의 절경. 카프리 사진 엽서에 빠짐없이 등장하는 장면이다
❷ 카프리의 상가 골목. 세계 각국의 관광객이 몰려드는 곳이라 물가가 비싸다

소렌토 시내 전경

소렌토 해변의 피서객들

37 모든 길은 로마로, 영원의 나라, **바티칸**

13일차

>> 기항지 일정

12박13일의 크루즈 일정의 마지막 날. (6시) 뷔페 레스토랑에서 아침 식사.
6시 50분에 대극장에 집합한 후에 그룹별로 하선. 7시30분 하선 완료.

치비타베키아항의 크루즈여객 전용 터미널에서 미리 하선이 이루어진 짐을 찾았다. 짐은 짐표(tag)의 색깔별로 구분되어 정리가 되어 있었다.

이탈리아어로 '고대 도시'라는 의미의 치비타베키아항구의 역사는 로마시대로까지 거슬러 올라간다. 인천이 서울의 관문이듯이 치비타베키아는 로마로 통하는 관문으로 로마까지 버스로 1시간 남짓 걸린다. 인천에서 서울까지의 거리와 비슷한 셈이다.

회원들 대부분이 로마는 과거 성지순례 등으로 한두 번 다녀온 경험을 가지고 있었다. 오전 일정은 바티칸 방문. 이번 14박15일의 전체 일정 중 처음이자 마지막으로 한식당에서 점심식사를 했다. 오후에는 고대 로마 유적지인 포로 로마노와 베드로와 바오로 성인의 발자취를 따라 걸었고, 콜로세움을 방문하는 것으로 로마의 순례를 마무리했다.

(16시) 로마공항 도착. 출국 수속 (로마 → 이스탄불 → 인천)

신성과 인간성이 결합된 곳, 바티칸

세 번째 방문하는 바티칸. 이번에도 어김없이 소매치기를 조심하라는 현지 가이드의 설명을 들으며 순례는 시작되었다. 로마 현지 가이드가 미리 단체예약을 해둔 덕분에 보통 1~2시간 걸리는 대기 시간 없이 곧장 입장할 수 있었다. 콘스탄티누스 대제가 베드로 사도의 무덤 위에 처음 성당을 세운 것이 서기 326년. 1,200년의 장구한 세월이 흘러 너무 낡게 되자 1506년에 율리우스 2세 교황에 의해 베드로 성당의 개축이 시작된다. 1667년 개축이 완료되기 까지 161년 동안의 기간 중 이 위대한 역사(役事)에는 브라만테, 미켈란젤로, 라파엘로, 베르니니 등 이탈리아가 낳은 천재적인 예술가의 혼이 녹아 들었다.

바티칸 미술관 구역 내에 자리 잡은, 교황을 선출하는 장소로 유명한 시스티나 성당. 이번 방문에서는 미켈란젤로의 천재성과 인간으로서 그

❶ 바티칸 미술관의 정문. 정문 위 중앙은 교황의 문장이며 왼쪽은 미켈란젤로, 오른쪽은 라파엘로의 조각상이다　❷ 바티칸 베드로 광장. 좌우로 늘어선 회랑은 베르니니의 작품이다

가 보인 불굴의 의지에 오는 감동과 감탄에 오랜 시간 생각이 머물렀다. 프랑스의 비평가이자 소설가인 로맹 롤랑은 그의 저서 '미켈란젤로의 생애'에서 "천재를 믿지 않는 사람, 혹은 천재란 어떤 것인지를 모르는 사람은 미켈란젤로를 보라."고 말했다. 시스티나 성당 천장에 그린 프레스코화 '천지창조'는 4년에 걸쳐 그가 1512년에 완성한 작품이다. 눈으로 떨어지는 분진과 물감, 허리를 웅크리고 고개를 뒤로 젖혀 작업하는 일을 4년이나 했다니! 미켈란젤로는 시력 악화와 목과 허리의 통증, 욕창 등 온갖 병고와 싸우면서 대작을 마무리했다. 90세로 세상을 떠날 때까지도 작업에 몰두한 미켈란젤로! 미술관이나 박물관을 관람하면서 두 시간 정도만 서서 걸어도 어디 앉을 데가 없나 하고 주변을 살펴보는 나 자신

베드로 성인의 무덤 위에 세워진 바티칸 베드로 대성전과 왼쪽의 오벨리스크

의 나약함에, 500년 전에 인간이 신에 바치는 최고의 걸작을 완성한 위인 앞에 서기가 부끄럽다. 완성 후 다시 5세기의 세월이 지난 미켈란젤로의 '천지창조'는 최근 최첨단기법으로 과거의 덧칠을 제거하는 등 약 9년간의 대규모 복원작업이 이루어졌고, 1994년 4월에 다시 일반에 공개되었다.

우리나라의 풍수지리에서 '좌청룡 우백호'란 말이 있듯이, 베드로 대성전에서 나오면 눈앞에 펼쳐지는 원형 광장을 좌우로 두 팔로 감싸듯이 길게 늘어선 회랑은 베르니니의 작품이다.

Tip

포럼(Forum)의 유래

오늘날 '토론회, 토론 모임, 토론의 장'으로 자주 쓰이는 포럼은 로마시대의 포럼에서 유래되었다. 로마의 포럼은 고대 그리스 국가의 광장을 말하는 아고라(Agora)에 해당하는 것으로, 도시의 중심이며 종교, 정치, 행정, 상업, 사교, 교통 등의 제 기능이 집약되는 공공광장으로 주위에 바실리카(Basilica), 신전 등의 공공건축물과 개선문, 기념주 등의 기념건축물이 위치하며 로마인이 건설한 도시에는 반드시 포럼이 만들어졌다.

로마 시대에 있어 가장 오래되고 대표적인 것이 바로 로마 시내의 포로 로마노(Foro Romano)이다. 라틴어로는 포럼 로마눔(Forum Romanum)으로 여기에는 포럼이 5개소, 신전이 모두 14개소, 바실리카 4개소 등이 있다.

바실리카는 법정과 상업교역소(시장) 역할을 하며 포럼에 부속하여 건설되었다. 기독교가 공인된 이후 신자수의 급증에 비해 성당의 신축은 재정상 한계가 있었기 때문에 과거 바실리카로 쓰인 건물을 개조하여 성당으로 사용하기 시작했다. 재판관이 앉던 곳은 제단으로 방청석은 신자석으로 자연스레 용도가 바뀐 것이다. 이탈리아 등지에서 성당 이름에 바실리카란 이름이 붙어있는 경우는 과거 바실리카로 사용했던 건물이거나 터전이었던 역사를 지니고 있다.

☞ 참고자료 : 서양건축사 (윤정근 외 7인 공저, 기문당)

❶ 로마의 건국 설화를 상징하는 늑대상. 늑대의 젖을 먹는 쌍둥이 형제 로물루스와 레무스
❷ 고대 로마의 유적지 포로 로마노. 고대 로마의 정치, 종교, 경제의 중심지였던 곳
❸ 베드로, 바오로 사도가 갇혔던 감옥(로마)

❸

❶ 베드로, 바오로 사도가 걸어갔던 길. 고대 로마의 돌판이 그대로 보존되어 있다
❷ 콜로세움 옆 콘스탄티누스 개선문 앞 로마의 소나무 가로수길

❷

바티칸 미술관 내 솔방울 정원

로마의 콜로세움 경기장. 로마를 상징하는 대표적 건축물이다

체게바라는 오토바이로 남미 대륙을
일주한 여행으로 인해,
의사에서 혁명가로 변신하게 되었다.
이처럼 여행은 위인이건 평범한 사람이건
여행자의 인생에 크고 작은 영향을 미친다.

38 크루즈여행의 즐거움을 더해준 이벤트

　아드리아해 & 지중해 크루즈여행 일정 14박15일(크루즈 숙박기준 12박13일)의 여행기간중 하루하루의 시간을 즐겁고 재미있게, 훗날 아름다운 추억으로 남을 수 있도록 사전에 여행을 준비하는 과정에서 미리 몇 가지 이벤트를 준비했다. 여행에 동반한 회원 모두가 열정과 정성을 가지고 한 마음이 되어 참여한 결과 생애 최고의 크루즈여행이었다고 지금도 자랑스럽게 회고하고 있다.

오늘의 베스트 드레서

　매일 아침 식사를 마치고 선실에서 잠시 휴식을 취한 뒤 하선 시간 30분전에 미리 우리 팀의 집합장소로 정해 놓은 중앙광장 라운지로 모였다. 아침 인사와 함께 여유로운 담소의 시간을 가졌는데, 하선하기 직전에 '오늘의 베스트 드레서'를 총무인 내가 발표를 했다. 오늘의 베스트 드레서에 선정된 영예를 가진 회원(주로 여성)은 여름이었기 때문에 그날 기항지 일정 중에 아이스크림이나 점심 시간에 맥주를 스폰서할 수 있는 권리가 주어졌고, 저녁 만찬 시에는 베스트 드레서의 배우자가 포도주를 스폰서할 수 있는 권리가 주어졌다. 권리는 의무사항은 아니었지만, 모두들 기꺼이 스폰서를 했다.

기왕이면 이벤트에 재미를 더하기 위해서, 베스트 드레서 선정 기준도 공지를 했다.

＊ 모자 10점/ 상의 30점/ 하의 20점/ 신발 10점/ 액세서리(스카프, 선글라스, 가방 등) 10점/ 전체 조화 20점/ 합계 100점.

결과적으로는 13부부에게 한 번씩 기회가 다 돌아갔지만, 하루하루를 재미있게 보내는데 모티브가 되었다. 매일 매일 달라지는 의상이며 액세서리 등이 이야기 꽃을 피우는 씨앗이 되었다.

기항지 연구 과제 발표

크루즈여행 출발 1개월 전 준비모임에서 기항지 항구 13개의 도시를 회원 부부별로 제비를 뽑았다. 뽑힌 기항지 도시에 대해서 사전에 연구를 해오도록 했고, 그 내용을 기항지 관광을 위해 하선 후 부두에서 비스를 탑승한 후 버스에서 발표를 했다.

관광지에서 버스에 오르면 대개 현지의 가이드(주로 한국 교포, 현지 법규에 의한 경우에는 현지인 가이드도 추가로 합승하기도 한다)가 나와서 자기소개와 함께 방문하는 도시에 대해 설명을 하게 되는데, 우리 팀은 현지 가이드의 인사 소개 후에, 해당 기항지 도시를 연구해온 부부가 먼저 10여분에 걸쳐 준비해온 내용을 발표 했다.

우선 그 도시(국가)의 언어 중 'Thank you'와 'Good morning'에 해당하는 인사말을 현지어로 소개한다. 그리고 준비해온 내용(주로 방문 도시의 명소, 역사 등에 관한 주제이다)을 설명했다. 모든 부부가 빠짐없이 충실하게 준비를 해온 것이 감사했다. 말로만 설명하는 경우도 있었고, A4용지 두어 장에다 요약을 해서 배포한 후에 설명을 하기도 했다. 어떤 회원은 인터넷에도 자료가 부족해서 서울 서초구 반포동에 위치한 국립중앙도서관을 찾아서 자료를 완성한 분도 있었다. 이렇게 미리 연구하고 준비를 스스로 하고서 방문하면, 미리 연구했던 그 자리, 그 명소를 만나면 더욱 더 자세히, 관심을 가지고 살펴보게 되는 것을 경험했다.

한국에서 동행한 인솔가이드나 현지에서 합류한 가이드들도 대부분 가이드 경력이 5년에서 10년 이상 베테랑들이었는데, 우리 팀처럼 이렇게 정성을 기울여 철저하게 준비해온 팀을 처음 만난다면서, 본인들도 더 열심히 안내를 하고 앞으로 공부도 더 많이 하겠다고 화답을 해주었다.

* 방문국가별 인사말

영어	Thank you	Good morning
슬로베니아 크로아티아 세르비아	흐발라 Hvala	도브로 유트로 Dobro jutro
이탈리아	그라찌에 Grazie	부온 지오르노 Buon giorno

버스 내 강의

기항지별로 해당된 부부가 10분 정도 소개를 하는 것과는 별도로 버스 운행 시간이 2~3시간 넘게 걸리는 코스에서, 회원의 재능기부 형식의 강의도 있었다. 동반 회원 중 언론인 출신으로 평생을 칭기즈칸 연구에 열정을 쏟았고, 관련 책도 여러 권 펴낸 분이 있어서 '칭기즈칸의 리더십'이란 주제로 1시간 정도 버스에서 강의를 들었다. 매우 수준 높은 강의였다.

요즘은 일반 패키지 여행에서는 공항에서 서로 처음 만나서 단체 여행을 가더라도 일정 내내 자기소개 시간이 없다. 자연스레 알게 되는 경우를 제외하고는 서로 개인 신상을 밝히지 않고 타인과 울타리를 치고 지내려는 경향이 많지만, 우리 일행처럼 수년전부터 크루즈여행을 준비하는 단체 팀은 이미 한 가족 이상으로 친숙해져서 이러한 부담 없는 재능기부 형식의 강의는 권장하고 싶다.

단체 회원들의 직업이 다르고, 인생의 경험이 다양하기 때문에 회원들을 위해서 30분 내지 1시간 정도의 강의는 매우 의미 있는 이벤트라는 생각이 든다.

추억의 이벤트 (선상에서 회갑축하, 결혼 30주년 축하)

일행 중 그해에 칠순 한분, 회갑 세분이 있었고, 결혼 30주년 부부가 세 부부 있었다. 이분들을 축하해주기 위해서 매일 가는 정해진 정찬 식당 대신 예약제로 유료로 운영하는 스페셜티 레스토랑에서 두 번 저녁 정찬을 했다. 칠순 및 회갑 축하를 위해서 프렌치 레스토랑 '무라노'에서, 결혼 30주년 축하를 위해서 이탈리안 레스토랑 '투스칸 그릴'에서 멋진 정찬자리를 마련했다. 주문한 축하 케

생일을 맞은 부부를 위한 축하식

이크로 축하노래와 함께 와인으로 '건강 100세와 멋진 여행'을 위해서 건배를 했다.

선상의 '행복한 부부대화' 모임

2012년 제1차 크루즈여행(지중해. 아드리아 해)의 기원은 7년 전인 2005년에 서울시내 반포4동 성당에서 부부대화 프로그램(월드와이드 매리지 엔카운터 World Wide Marriage Encounter/ 약칭 M.E 프로그램. '행복한 부부 운동'으로 해석하면 좋다)에서 함께 활동하던 부부들이 제주도로 가족과 함께 한라산 종주 여행을 다녀 오면서, 제주해협의 바다 위 7천 톤급 페리선 오하마나호 3등칸 선실에서 크루즈여행의 꿈을 꾸면서 비롯되었다. 그 꿈 중에는 크루즈선에서 '행복한 부부대화 나눔 (Sharing 시간)'을 갖자는 것도 들어 있었다.

크루즈선상에서의 '행복한 부부 대화 모임'

바다의 선물! 크루즈여행 길라잡이

미리 예정해 놓은 날에 맞추어 선내 담당 데스크(Guest Relations Desk)에다 미팅룸을 예약했다. 저녁식사를 마치고, 미팅룸으로 자리를 옮겨 부부대화 매뉴얼 순서에 맞추어 '선상의 부부대화' 시간을 가졌다. 부부를 위한 기도, 노래를 하고 부부별로 소개를 했다. '오늘의 부부 대화 주제'는 '내 인생에 있어서 이번 크루즈여행이 갖는 의미에 대하여'로 정했다. 모든 회원 부부가 진지하고 감사하는 마음으로 인생의 동반자인 부부와 여행에 대한 나눔과 다짐을 하는 자리였고, 7년간 준비해 온 꿈이 이루어진 감동을 함께 나눈 자리였다.

1958년 스페인에서 태동한 후, 1967년 미국의 예수회 신부에 의해 현재의 '행복한 부부 대화 프로그램'으로 활성화 되어 전 세계로 퍼져 나간 M.E.프로그램은 한국에는 1977년에 처음 소개되었다. M.E.프로그램 역사상, 바다 위 크루즈선상에서 부부 쉐링 시간을 가진 것은 우리 일행이 처음이 아닌가 생각이 든다.

크루즈선의 조종실인 '브릿지'투어를 마치고 항해사들과 함께

5부

초보자를 위한
크루즈여행 길라잡이

크루즈 선사 및 **여행사 소개**

2015년 기준 전 세계 크루즈시장의 85% 이상을 카니발, 로열캐리비언, NCL, MSC 4대 선사가 점유하고 있다. 크루즈선의 수는 이들 4대 선사가 보유하는 180척을 포함하여 세계적으로 약300척의 크루즈선이 운항하고 있다.

크루즈선도 호텔처럼 등급이 있는데, 배가 크다고 고급 크루즈선은 아니다. 크루즈선의 등급은 승무원 1인당 서비스하는 승객의 수, 총승객과 총면적의 비율, 식사의 질, 내부 시설과 인테리어, 선내 공연, 프로그램을 비롯한 콘텐츠의 질 등 여러 가지 하드웨어, 소프트웨어를 종합하여 정해진다.

크루즈선을 등급별로 분류해 본다면 럭셔리, 디럭스, 프리미엄, 캐주얼 급으로 분류할 수 있다. 일반적으로 가장 많이 이용하는 10만톤이 넘는 큰 배들은 대부분 캐주얼 급으로 분류된다. 럭셔리, 디럭스 급의 크루즈선은 4만톤 ~ 6만톤 규모가 많다.

처음 크루즈선을 타는 경우에는 캐주얼 급이나 프리미엄 급 중에서 선택하는 것이 무난하다. 디럭스나 럭셔리 급으로 갈수록 가격이 비싸진다.

바다의 선물! 크루즈여행 길라잡이

세계 4대 크루즈 선사그룹 및 크루즈 브랜드

선사그룹	캐주얼	프리미엄	디럭스	럭셔리
카니발 (CCL) *100척	카니발 코스타 P&O	프린세스 홀랜드아메리카	쿠나드	시본크루즈
로열캐리비언 (RCL) *46척	로열캐리비언 풀만투르	셀레브리티	아자마라	
NCL *22척	NCL			
MSC *12척	MSC			

* 선박 척수는 2016 해양수산부 자료 인용

크루즈 상품은 크루즈선사의 상품을 보고 직접 인터넷으로 예약하거나 한국 내 대리점을 통해서 예약하는 방법, 크루즈여행 사업부를 운영하는 국내여행사나 크루즈전문 여행사를 통한 예약방법이 있다.

홈페이지를 접속하든 여행사 직원과 직접 상담하든 다음의 몇 가지 사항들은 점검하는 것이 중요하다.

* 승선항구 및 하선항구와 한국을 연결하는 항공권예약, 공항↔호텔 간 내륙 운송 패키지 서비스
* 기항지 관광 예약
* 3명이상 동반가족이 있는 경우의 선실 요금 제도 및 할인
* 어린이가 있는 경우의 동반 여부와 요금 할인, 대상 제한 등
* 계약 후 취소료 규정

주요 글로벌 선사 및 한국사무소 홈페이지 주소

선 사 명	홈페이지 주소
로얄캐리비안, 셀레브리티, 아자마라 크루즈	www.rccl.kr
프린세스 크루즈	www.princesscruises.co.kr
코스타 크루즈	www.costacruise.com
카니발	www.carnival.com
NCL	www.ncl.com
MSC	www.msccruises.co.kr

크루즈 취급 국내 주요 여행사 홈페이지 주소

여행사명	홈페이지 주소
한진관광	www.kaltour.com
롯데관광	www.lottetour.com
하나투어	www.hanatour.com
모두투어	www.modetour.com
싼타크루즈(크루즈나라)	www.santacruises.com
클럽토마스	www.clubthomas.co.kr

초보자에게 추천하는
크루즈여행 코스

크루즈 시장의 양대 산맥은 지중해와 카리브해를 들 수 있다. 처음 크루즈여행을 떠나는 분들, 특히 베이비부머들에게 추천하고 싶은 코스는 지중해이다. 60대를 전후한 베이비부머들과 비슷한 연배의 승객이 많이 타는 곳이 지중해이다. 아시아 크루즈여행객이 가장 선호하는 지역이기도 하다.

지중해지역은 이탈리아, 프랑스, 스페인, 발칸반도(크로아티아 외), 그리스 등 오랜 문화유산을 간직한 도시가 주요 기항지이기 때문에 낮동안 기항지 관광의 볼거리가 풍부하고 쇼핑, 교통, 식당 등 관광 인프라도 잘 갖추어져 있다. 낮에는 기항지 관광을 즐기고 밤에는 이동하는 중에 크루즈선에서 여러 가지 프로그램을 이용할 수 있는 점이 적극 추천하는 이유이다. 지중해 다음으로는 북유럽인데 북유럽은 스칸디나비아 반도를 둘러싼 아름다운 대자연과 피오르 등 한 폭의 그림 같은 풍경을 즐길 수 있다. 북유럽을 선택하는 경우에는 러시아 방문이 포함된 일정을 선택하는 것이 좋다. 오랜 역사를 지닌 러시아의 문화와 예술을 접할 수 있는 기회는 빼놓을 수 없는 필수 코스이다. 추위로 인하여 크루즈 운항 일수가 짧은 것이 지중해에 비해 단점이다.

카리브해 크루즈는 아무래도 카리브해 인근의 섬을 주로 기항하는 휴양 위주이며, 승객들의 나이도 지중해에 비해서는 젊은 층이 많다. 해양 스포츠의 천국으로 불리는 카리브해는 약7천여개의 섬과 바다가 어우러진 아름다운 볼거리가 이어진다. 세계 최대 크루즈선인 22만톤급 로얄 캐리비안 오아시스호, 얼루어호 & 하모니호 세척이 모두 카리브해에서 운항을 하고 있다. 신혼여행이나 가족단위 휴양을 즐기기에는 여러 가지 선내 시설을 갖춘 캐주얼급 대형 크루즈선을 타고 카리브해를 여행하는 것도 좋다.

아래에 제시하는 크루즈 추천 코스는 크루즈여행지를 선택하기 위한 참고용이다. 구체적인 조건 등은 앞장에 기재한 크루즈선사나 여행사의 홈페이지를 통하여 검색하면 된다. 총 여행 일수는 왕복 항공 시간과 기항지 크루즈선 터미널까지의 이동 시간 등을 추가하여 계획을 세워야 한다.

☞ 로얄캐리비안 크루즈 한국사무소(www.rccl.kr)에서 제시하는 크루즈여행 상품을 검색한 자료이며, 가격은 2017년 하반기 출항 일정 중 2인1실 기준 1인 요금, 내측 선실(인사이드룸) 조건임. 세금, 선내팁, 항공료, 호텔숙박료, 기항지 관광 요금 등이 포함되지 않은 가격으로 성수기, 비수기, 계약시점에 따라 변동될 수 있음

아드리아 해 & 지중해 크루즈 12일
1) 베니스(이탈리아)
2) 라벤나(이탈리아)
3) 두브로브니크(크로아티아)
4) 두브로브니크(크로아티아)
5) 코토르(몬테네그로)
6) 전일해상
7) 카타니아/시칠리아(이탈리아)
8) 전일해상
9) 팔마데 마욜카(스페인)
10) 이비자(스페인)
11) 발렌시아(스페인)
12) 바르셀로나(스페인)

* 셀레브리티 컨스텔레이션호 (91,000톤)

– 길이 : 194m / 폭 : 32m / 승객 / 승무원수 : 2,038명/999명

* 가격 : U$1,599부터 ~

동부 지중해 크루즈 11일

1) 로마/치비타베키아(이탈리아) 2) 메시나/시칠리아(이탈리아)

3) 발레타(몰타)   4) 전일해상 5) 미코노스(그리스)

6) 로도스(그리스)   7) 산토리니(그리스)

8) 아네테/피레우스(그리스)   9) 전일해상

10) 나폴리, 카프리(이탈리아) 11) 로바/치비타베키아(이탈리아)

* 셀레브리티 리플렉션호 (122,000톤)

– 길이 : 317m / 폭 : 37m / 승객 / 승무원수 : 3,030명/1,255명

* 가격 : U$849부터 ~

서부 지중해 크루즈 8일

1) 바르셀로나(스페인) 2) 프로방스(프랑스) 3) 니스(프랑스)

4) 플로렌스/피사(이탈리아) 5) 로마/치비타베키아(이탈리아)

6) 나폴리, 카프리(이탈리아) 7) 전일해상 8) 바르셀로나(스페인)

* 로열캐리비언 프리덤호 (154,407톤)

– 길이 : 339m / 폭 : 56m / 승객 / 승무원수 : 4,515명 / 1,360명

* 가격 : U$1,048부터 ~

포르투갈 & 스페인 & 프랑스 크루즈 10일

1) 리스본(포르투갈) 2) 세빌/카디즈(스페인) 3) 지브랄타(영국)

4) 전일해상 5) 발렌시아(스페인) 6) 발렌시아(스페인)

7) 알쿠디아/마요르카섬(스페인) 8) 팔라모스(스페인)

9) 포트방드르(프랑스)   10) 바르셀로나(스페인)

* 아자마라 저니호 (30,277톤)

– 길이 : 180m / 폭 : 25m / 승객 / 승무원수 : 686명/408명

* 가격 : U$2,737부터 ～

북유럽 크루즈 13일

1) 암스테르담(네덜란드) 2) 전일해상 3) 베를린/바르네뮌데(독일)

4) 전일해상 5) 탈린(에스토니아) 6) 상트페테르부르크(러시아)

7) 상트페테르부르크(러시아) 8) 헬싱키(핀란드)

9) 스톡홀름(스웨덴) 10) 전일해상 11) 코펜하겐(덴마크)

12) 전일해상 13) 암스테르담(네덜란드)

* 셀레브리티 실루엣호 (122,000톤)

– 길이 : 317m / 폭 : 37m / 승객 / 승무원수 : 2,886명/1,233명

* 가격 : U$2,199부터 ～

스칸디나비아 & 러시아 크루즈 14일

1) 스톡홀름(스웨덴) 2) 스톡홀름(스웨덴) 3) 탈린(에스토니아)

4) 상트페테르부르크(러시아) 5) 상트페테르부르크(러시아)

6) 상트페테르부르크(러시아) 7) 헬싱키(핀란드) 8) 리가(라트비아)

9) 클라이페다(리투아니아) 10) 전일해상

11) 베를린/바르네뮌데(독일) 12) 프레데리시아(덴마크)

13) 코펜하겐(덴마크) 14) 코펜하겐(덴마크)

* 로열캐리비언 세레나데호 (90,090톤)

− 길이 : 294m / 폭 : 32m / 승객 / 승무원수 : 2,476명/884명

* 가격 : U$1,819부터 ∼

노르웨이 피오르 크루즈 8일

1) 코펜하겐(덴마크) 2) 전일해상 3) 스타방게르(노르웨이)

4) 베르겐(노르웨이) 5) 올레순(노르웨이) 6) 게이랑게르(노르웨이)

7) 전일해상 8) 코펜하겐(덴마크)

* 로열캐리비언 세레나데호 (90,090톤)

− 길이 : 294m / 폭 : 32m / 승객 / 승무원수 : 2,476명/884명

* 가격 : U$1,514부터 ∼

알래스카 크루즈 8일

1) 시애틀(미국 워싱턴주) 2) 전일해상 3) 케치칸(알래스카)

4) 트레이시암 피오르(알래스카), 주노(알래스카)

5) 스케그웨이(알래스카), 알래스카인사이드 패시지   6) 전일해상

7) 빅토리아(브리티시 콜롬비아주) 8) 시애틀(워싱턴주)

* 셀레브리티 살스티스호 (122,000톤)

− 길이 : 317m / 폭 : 37m / 승객 / 승무원수 : 2,850명/1,255명

* 가격 : U$1,149부터 ∼

남부 카리브해 크루즈 12일

1) 마이애미(플로리다주) 2) 전일해상 3) 전일해상

4) 샬롯 아말리 (세인트 토마스) 5) 토르톨라(영국령 버진아일랜드)

6) 세인트존스(안티구아) 7) 브릿지타운(바베이도스)

8) 캐스트리스(세인트루시아) 9) 필립스버그(세인트마틴)

10) 전일해상 11) 전일해상 12) 마이애미(플로리다주)

* 셀레브리티 이쿼녹스호 (122,000톤)

– 길이 : 317m / 폭 : 37m / 승객 / 승무원수 : 2,850명/1,255명

* 가격 : U$899부터 ∼

서부 카리브해 크루즈 8일

1) 포트캐너버럴(플로리다주) 2) 전일해상 3) 라바디(아이티)

4) 팰머스(자메이카) 5) 전일해상 6) 코주멜(멕시코)

7) 전일해상 8) 포트캐너버럴(플로리다주, 미국)

* 세계최대 크루즈선 로얄캐리비안 오아시스호 (220,000톤)

– 길이 : 362m / 폭 : 66m / 승객/승무원수 : 6,780명/2,175명

* 가격 : U$362부터 ∼

호주 & 뉴질랜드 크루즈 9일

1) 시드니(호주) 2) 전일해상 3) 전일해상 4) 파인즈섬(뉴칼레도니아)

5) 리푸(로얄티제도) 6) 누메아(뉴칼레도니아) 7) 전일해상

8) 전일해상 9) 시드니(호주)

* 셀레브리티 살스티스호 (122,000톤)

– 길이 : 317m / 폭 : 37m / 승객 / 승무원수 : 2,850명/1,255명

* 가격 : U$1,399부터 ∼

칠레 & 아르헨티나 크루즈 16일

1) 발파라이소(칠레) 2) 전일해상 3) 푸에르토몬트(칠레)

4) 칠레 피오르(칠레) 5) 마젤란 해협(칠레) 6) 전일해상

7) 푼타아레나스(칠레) 8) 우수아이아(아르헨티나) 9) 케이프혼(칠레)

10) 전일해상 11) 푸에르토마드린(아르헨티나) 12) 전일해상

13) 푼타델에스테(우루과이) 14) 몬테비데오(우루과이)

15) 부에노스아이레스(아르헨티나) 16) 부에노스아이레스(아르헨티나)

* 셀레브리티 인피니티호 (91,000톤)

- 길이 : 294m / 폭 : 32m / 승객/승무원수 : 2,170명/1,000명

* 가격 : U$1,249부터 ~

아시아 페낭 & 푸켓 크루즈 5일

1) 싱가포르 2) 페낭(말레이지아) 3) 푸켓(태국)

4) 전일해상 5)싱가포르

* 로열캐리비언 마리너호 (138,279톤)

- 길이 : 311m / 폭 : 48m / 승객/승무원수 : 3,807명/1,185명

* 가격 : U$447부터 ~

아시아 홍콩 & 베트남 크루즈 5일

1) 홍콩(중국) 2) 전일해상 3) 후에/다낭(베트남) 4) 전일해상

5) 홍콩(중국)

* 로열캐리비언 보이저호 (137,276톤)

- 길이 : 311m / 폭 : 48m / 승객/승무원수 : 4,236명/1,176명

* 가격 : U$709부터 ~

크루즈 여행 관련 Q & A

Q 크루즈여행은 왜 가격이 비싼가요?

크루즈여행의 패키지상품 가격은 항공권을 포함하여 제시되기 때문에 비싸게 느껴진다. 항공권을 제외한 요금을 기준으로 타 여행 상품과 비교할 경우에는 크루즈여행이 반드시 비싸다고 볼 수는 없다. 크루즈여행이 주는 안락함과 편리함, 선내에서 향유하는 다양한 시설 이용과 공연 등 문화적인 혜택, 최고급 요리와 승무원의 친절한 서비스 등 버스로 이동하는 육로 여행과는 직접 비교하기 어려운 장점이 많다. 돈으로 비교될 수 없는 고품격 여행이 주는 매력을 경험해보면 크루즈여행이 그렇게 비싼 것은 아님을 알게 된다.

Q 크루즈여행을 가려면 춤을 꼭 배워야 하나요?

춤을 잘 추면 물론 좋지만, 춤을 출줄 몰라도 크루즈여행을 즐기는 데는 크게 문제가 없다. 보통 크루즈선상에서 춤을 추는 기회는 Formal Night 파티가 열릴 때인데, 그랜드룸에서의 파티는 워낙 사람이 많아서 특정 개인이 춤 솜씨를 발휘하기는 어렵다. 음악에 맞추어 자연스레 몸을 움직이면서 즐기면 된다. 어느 정도 춤을 추는 커플의 경우에는 수영장 옆 라운지나 Bar에서 춤 솜씨를 발휘할 수가 있다. 춤 이외에도 매일 다양한 장르의 공연과 오락 프로그램이 운영되기 때문에 춤을 못 춘다고 스트레스를 받는 일은 없다.

Q 영어 실력도 부족하고 외국인을 만나면 부담스러워요.

한중일 크루즈나 동남아크루즈를 제외하고 지중해, 북유럽, 카리브, 남미 크루즈의 경우에는 외국인 특히 서양인들이 압도적으로 많다. 선상에서는 보통 영어의 기본 인사말 정도로 인사를 하면 된다. 언어보다는 미소 짓고 친절한 태도가 더 중요하다. 특히 선상에서 보면 외국인들은 'Lady First'가 몸에 밴 것을 알 수 있다. 도어, 계단, 엘리베이터 등에서 특히 여성들에게 문을 잡아주는 등 배려하는 매너가 필요하다.

기항지의 경우에는 영어로 인사해도 되지만, 현지 언어로 간단한 인사말을 하면 상호간 친밀감이나 호감이 빨리 생긴다.

단체로 갈 경우에는 전문 인솔자가 동행해서 매일의 선상신문이나 메뉴판 등을 한국어 번역판으로 제공하기 때문에, 처음 크루즈여행을 가는 경우에는 외국어가 자신이 없다면 단체를 구성해서 가는 것이 좋다.

Q 크루즈 여행 시 전화나 인터넷 사용 및 국내와의 연락은 어떻게 하나요?

선실에서도 위성통신을 통하여 국제전화가 가능하고 선사에서 판매하는 인터넷 패키지 상품을 구매해서 선실에서도 인터넷 이용이 가능하다. 다만, 선실에서 이용하는 통신료는 요금이 비싸다. 인터넷 룸에서 유료 인터넷 이용도 가능하다. 선상에서의 통신요금은 비싸기 때문에, 가급적 매일 하선하게 되는 기항지에서 스마트폰이나 국제전화 카드를 이용해서 국내와 연락하는 것이 좋다.

단체 여행의 경우에는 인솔자의 이메일이나 연락처를 가족에게 알려주는 것이 편리하다. 인솔자는 국내와 연락을 수시로 취하기 때문에 비상 연락 시에 유용하다.

Q 저녁식사는 반드시 정찬 식당에서만 가능한가요?

저녁 식사도 정찬 식당 대신 아침, 점심처럼 뷔페 레스토랑에서 자유로운 복장으로 할 수가 있다. 그러나 정찬식당의 식사는 매일 세계 각국의 고급 요리가 제공되기 때문에 정찬 식당에서 만찬을 즐기는 것이 좋다. 정찬 식당의 좌석이 지정석으로 운영되는 경우에는 정찬 식당 외의 다른 곳에서 식사를 하는 경우 정찬 식당의 웨이터에게 사전에 알려주는 것이 좋다.

Q 외국 음식이 입맛에 맞지 않은데 한국 음식을 미리 준비해서 가져가도 되나요?

크루즈 선에는 위생 및 보안상 외부 음식의 반입은 금지된다. 선내 각종 레스토랑에서는 다양하고 맛있는 음식이 제공되기 때문에 굳이 한식이 없더라도 식사를 즐기는데 전혀 지장이 없다. 어떤 여행객은 여행용 가방에 생김치나 양념향이 강한 한국 음식을 가져가기도 하는데, 현지에서는 현지식을 즐길 수 있어야 비로소 해외 여행의 참 맛을 이해하는 것이다. 고급호텔에 가면서 음식을 싸가지고 가지 않는 것과 만찬가지다.

Q 어린이나 미성년 동반자의 경우에는 함께 방을 쓸 수 있나요?

선사에서 판매하는 선실 가격은 2인1실 사용 기준이다. 어린이나 미성년자 동반자를 포함하여 3~4명이 함께 사용하고자 하는 경우에 소파베드 혹은 간이침대를 갖춘 3,4인실을 예약하면 된다. 3,4번째 승객은 요금 할인이 주어지는데 개수가 많지 않아 조기 판매될 수도 있으므로 사전 예약을 통해 확보하는 것이 필요하다.

만18세 미만의 승객이나 유아에 대한 동반 및 승선 가능 기준은 선사마다 상이하므로 사전에 확인을 하여야 한다.

Q 약이나 구급약은 별도로 준비해야 하나요?

본인이 상용하는 약이나 배 멀미, 설사, 감기, 두통, 반창고 등 구급상비약은 한국에서 미리 준비해야 한다. 선내에 24시간 의료센터가 운영되지만 가격이 비싸다.

크루즈선은 배의 흔들림을 최소화하는 구조로 건조되었으며, 크루즈 운항 일정은 해당 지역의 기상조건을 고려하여 계획되기 때문에 크루즈선에서 배 멀미 때문에 고생하는 경우는 거의 없다고 보면 된다.

Q 예약 후에 사정이 생겨서 다른 사람으로 대체할 수 있나요?

선사별 규정에 따라 상이하므로, 계약하기 전에 미리 확인하는 것이 좋다.

여행이 주는 행복

> 『당신이 할 수 있는 일, 하고 싶은 일, 꿈꾸는 일을 바로 지금 시작하세요. 대담함 속에는 이미 많은 힘과 재능, 마법이 숨어 있습니다.』
>
> — 괴 테 —

괴테의 '이탈리아 기행'을 보면 당시 바이마르 공국의 재상이었던 괴테는 미리 말하면 못 가게 붙잡을 것을 알고서 아무에게도 알리지 않고, 도망치듯이 이탈리아로 간다. 이탈리아에서 1년 9개월 동안 귀족이 아닌 일반 시민으로서 여행을 하면서 훗날 세계적인 대 문호가 되는 문화적, 예술적 토양을 키우게 되었다.

여행을 꿈꾸고 준비하다 보면, 일상의 온갖 일들과 핑계가 여행을 포기하라고, 떠나지 말라고, 유혹 내지 유인을 한다. 그래도 대담하게 떠날 수 있을 때 떠나야 한다. 그래서 열정과 결단이 필요한 것이 여행이다.

7년간의 긴 준비과정을 거쳐 마침내 그 꿈을 이루고 돌아온 지 한 달 뒤에 회원들과 함께 뒤풀이 겸 제1차 크루즈 성공 축하연을 가졌다. 7년이라는 시간은 통계적으로 보면 13부부중 병원에 입원하거나 혹은 이혼이나 부도 등, 여러 가지 사건이 생길 수도 있는 긴 시간이다. 그 긴 시간 동안 회원 모두가 함께 꿈을 꾸고 그 꿈을 가꾸면서, '크루즈여행'이라는 꿈나무가 '싹에서부터 마침내 열매'를 맺는 전 과정을 더불어 누린 감격

과 감동은 이루 말할 수가 없었다. 모두들 감사와 행복을 말했다.

크루즈여행시 촬영한 사진을 편집해 만든 영상물을 감상하면서 여행 중의 행복했던 기억을 평생 보관되는 가슴속 추억 창고에 저장을 했다. 7년간의 긴 준비과정에 쌓인 추억이 주마등처럼 스쳐 갔다. 회원들의 순수한 열정이 있었기에 가능한 한편의 드라마였다.

제1차 크루즈의 성공 이후 다시 3년간의 준비를 거쳐 모든 회원이 다 가지는 못했지만, 제2차 크루즈로 남미를 다녀왔고 올해에는 북유럽 크루즈를 체험했다. 일본과 중국은 남겨 놓았다. 나이가 더 들어서도 갈 수 있기 때문이다.

체 게바라는 오토바이로 남미 대륙을 일주한 여행으로 인해, 의사에서 혁명가로 변신하게 되었다. 이처럼 여행은 위인이건 평범한 사람이건 여행자의 인생에 크고 작은 영향을 미친다. 우리 회원들도 여행의 준비과정과 여행을 통해서 정신적인 성장을 경험했다.

여행의 마일리지가 쌓이면서 생각의 깊이와 폭이 확장되어 가는 것을 느꼈다. 대상이 사람이든 혹은 사물, 문화나 관습이든 간에 새로운 것을 대할 때, '좋다, 나쁘다'라는 시각으로 보지 않고 '다르다'라는 차이를 존중하고 인정하게 된다. 피부색이나 언어, 종교, 빈부의 차이를 넘어서 비로소 애정 어린 눈으로 보게 되는 시각을 가지는 것이 여행이 주는 가르침이다.

크루즈여행을 함께 한 회원들은 여행자클럽으로 거듭난 평생 동지가 되었다. 아름답고 좋은 명소를 발견하게 되면 '우리 크루즈회원들과 함께 오면 좋겠다'는 생각을 먼저 떠올린다. 무엇보다 '크루즈 여행'이라는 꿈에서 비롯된 여정을 함께 하면서 나이가 들어서도 꿈을 간직한 채 행복의 나눔은 현재 진행형으로 계속 되고 있다.

바다의 선물! 크루즈여행 길라잡이